当中国遇上非洲

Babel Caution

常江 袁卿 著

再见巴别塔

北京大学出版社
PEKING UNIVERSITY PRESS

图书在版编目(CIP)数据

再见巴别塔：当中国遇上非洲/常江，袁卿著. —北京：北京大学出版社，2013.6
 ISBN 978-7-301-22602-5

Ⅰ.再… Ⅱ.①常…②袁… Ⅲ.纪实文学－中国－当代 Ⅳ.I25

中国版本图书馆CIP数据核字(2013)第120503号

书　　　　名：	再见巴别塔：当中国遇上非洲
著作责任者：	常　江　袁　卿　著
责任编辑：	徐少燕（shaoyan_xu@163.com）
标准书号：	ISBN 978-7-301-22602-5/G·3632
出版发行：	北京大学出版社
地　　　　址：	北京市海淀区成府路205号　100871
网　　　　址：	http://www.pup.cn　新浪官方微博：@北京大学出版社
电子信箱：	ss@pup.pku.edu.cn
电　　　　话：	邮购部 62752015　发行部 62750672 编辑部 62765016　出版部 62754962
印　刷　者：	北京大学印刷厂
经　销　者：	新华书店
	890毫米×1240毫米　A5　6.75印张　彩插8　135千字 2013年7月第1版　2014年8月第2次印刷
定　　　　价：	25.00元

未经许可，不得以任何方式复制或抄袭本书之部分或全部内容。
版权所有，侵权必究
举报电话：010-62752024　电子信箱：fd@pup.pku.edu.cn

《圣经·旧约·创世纪》中，人类联合起来修建通往天堂的通天塔。为了阻止这一计划，上帝让人类讲不同的语言，使之无法沟通、误解频频，最终各散东西。那废弃的塔，便被称为『巴别』，乃『变乱』之意。

皇冠鹤（灰冠鹤、东非冕鹤）又叫"皇冠鸟"，因其头顶类似皇冠的金色羽毛而得名。这种鸟因体态优雅、行走威仪而深受东非人的喜爱，其形象经常出现在邮票、明信片上，并且还出现在乌干达国旗的图案中，是乌干达的国鸟。

乌干达妇女在首都坎帕拉举行的庆祝国际劳动妇女节活动上表演传统舞蹈。

2011年5月,来自乌干达、肯尼亚和南苏丹的数百名部族武士在乌东北部莫罗托(Moroto)参加以和平为主题的马拉松比赛,号召该地区人士放下武器,拥抱和平,图为一名女性部落武士。在南北苏丹和乌干达等一些非洲国家,部分部落一直保留着纹面习俗。过去40年中,在乌干达东北部、肯尼亚西北部和南苏丹的交界地带,活跃着部分持枪部落。该地区自然条件干旱,为争夺有限的水资源和草场资源,部落武士们会经常越境抢劫牲口,并伴有互相残杀。

在乌干达西部的基索罗(Kisoro),一名部落人士带领游客进入丛林体验部落生存方式之前,向人们展示其部落狩猎用的矛。乌干达史称布甘达。公元1000年,地处乌南部的布甘达地区就建立了王国。目前的乌干达共和国是一个多部族国家,有着丰富的部落文化和超过40种语言。世界知名出版商"孤独星球"(Lonely Planet)在2011年底出版的旅游指南中将乌干达列为"2012年最值得游览的国家"。

在乌干达西部的土柔王国(Toro Kingdom),20岁的欧尤国王从宫殿门前走下,准备进行传统仪式。

在乌干达西部姆巴拉拉(Mbarara),一位母亲带着她的女儿在巴希玛(Bahima)部落传统茅草屋前做饭。巴希玛是乌干达古老的游牧民族,没有固定的住所,根据水源和自然牧地而迁徙,住在颇具特色的茅草屋中。

乌干达西部姆布罗湖国家公园里的长角牛(Ankole long horned cattle)。长角牛广泛分布于非洲大陆,其牛角弯曲,长度可达2米以上,是乌干达一些部落财富、地位的象征和一种文化符号。

辛勤劳作的肯尼亚女性。尽管多数非洲国家在法律和制度层面上保护女性与男性平等的社会地位,但在日常生活中,妇女仍时常处于性别弱势地位。

乌干达西部布谢尼(Bushenyi)附近的某一湖边,两名乌干达男孩向笔者投来简单羞涩的微笑。

乌干达西部姆巴拉拉(Mbarara)的一个"香蕉"林。乌干达产有一种被称为"马托基"(Matoke)的绿香蕉,是该国三分之二人口的主食。

在乌干达姆巴拉拉,蕉农用自行车将绿色饭蕉"马托基"运往附近的交易市场。

咖啡豆是很多非洲国家的特产。

在乌干达东部金贾(Jinjia),一名乌干达男孩正在晒咖啡豆。乌干达是非洲第二大咖啡种植国和出口国,所产咖啡几乎全部供出口。

2008年3月落成的卡扎菲国家清真寺位于乌干达首都坎帕拉老城区的山顶,是乌干达以及东非地区规模最大的清真寺。清真寺由利比亚援助修建,并以当时的利比亚领导人卡扎菲命名。

一位虔诚的穆斯林对本书作者讲述他的信仰。至2010年,非洲总计有4.2亿人信仰伊斯兰教,占非洲总人口的40.84%。

位于坎帕拉的一座基督教教堂。

坎帕拉山顶某小教堂内的唱诗班。

供职于新华社的乌干达籍记者。

一位乌干达青年专注地看着坎帕拉路边的免费报刊。

坎帕拉是东非历史比较悠久的一个城市。15世纪后,这里是布干达王国的都城,坎帕拉一词在当地语的意思是"小羚羊之地"。1890年坎帕拉开始建城,为英国东非公司总部所在地,后来成为英国在乌干达殖民统治的首府。1931年肯尼亚—乌干达铁路通达,促进了城市的经济发展。1964年成为乌干达首都。城市紧邻维多利亚湖,由40多个山头组成,其中大山头7个。古老的建筑物依山而建,极有韵致。

乌干达国家体育场由中国援建。

中国援建的乌干达国家体育场内部。

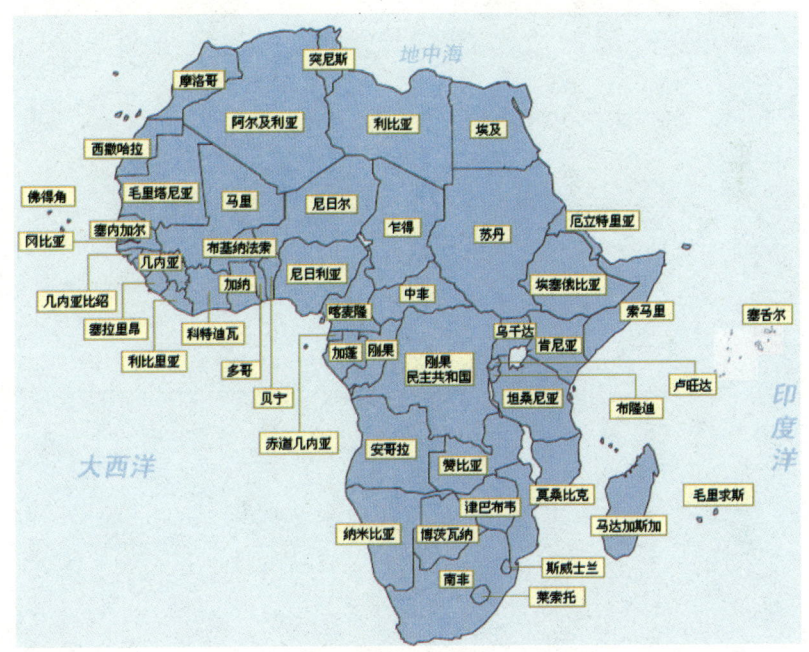

非洲政区图

非洲地形图
来源:新浪网,http://ishare.iask.sina.com.cn/f/6227541.htmltarget=_blank。

帝国主义对非洲的瓜分(1914年)
来源：南京师范大学网络教学资源，http://kc.njnu.edu.cn/rw/document-48-62.aspx。

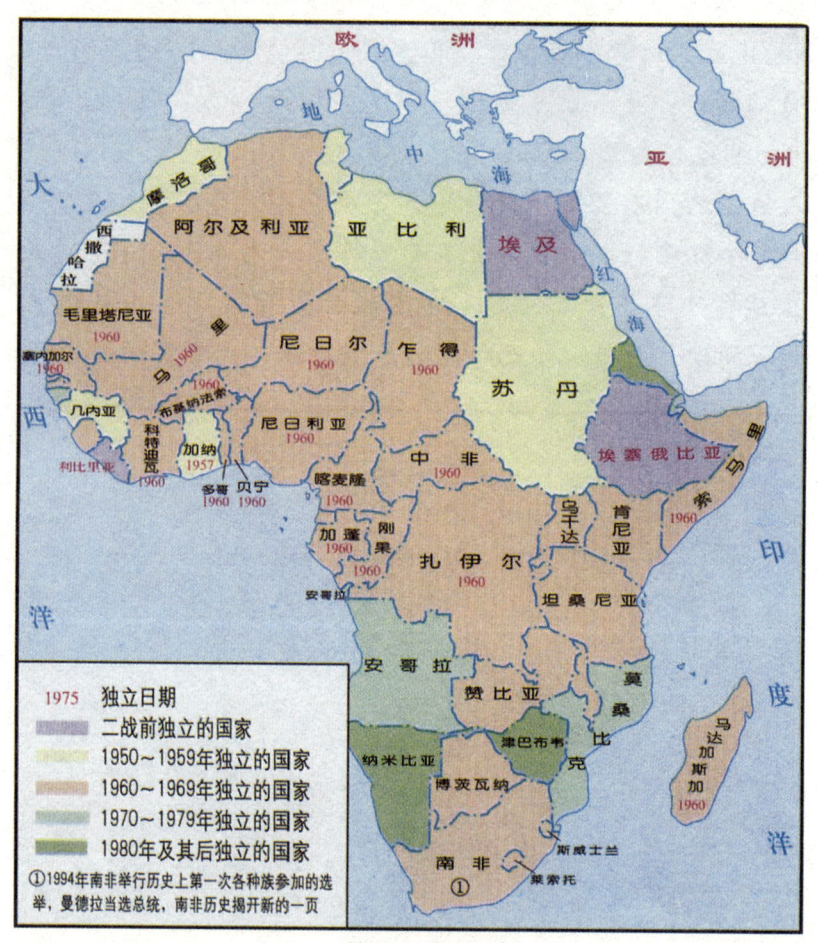

非洲独立进程图
来源:教师园地网络教学资源,http://teacher.3xy.com.cn。

目 录

再见巴别塔 / 1

误解的开端 / 3

复杂的非洲人 / 6

中国人在非洲 / 11

天朝上国梦 / 17

非洲印象 / 21

无解的误解？ / 30

印度经验 / 36

关于巴别塔 / 42

寂寞的异乡人 / 51

过早的邂逅与别离 / 53

故乡与他乡 / 58

蝶 / 62

跨越大洋的相亲 / 67

曲终人散 / 72

有故事的老头 / 77

不知何处是他乡 / 82

从头再来 / 87

情定乌干达 / 92

因为寂寞 / 97

无法回避的选择 / 103

一个视频引发的争议 / 105

瓜分非洲 / 112

独立了吗？ / 118

精英的看法 / 124

应对选择 / 134

作者手记 / 143

记者手记 / 145

学者手记 / 177

后记 / 192

再见巴别塔

　　中非文化之间,横亘着嵯峨的巴别塔,筑塔者讲着不同的语言,却用极其相似的方式拒斥着交流与谅解。我们误解的对象,甚至包括误解本身。

误解的开端

当飞机抵达乌干达南部城市恩德培（Entebbe），笔者像往常一样给父母发了一条手机短信报平安。很快，收到了父亲的回复："那里一定很热吧？多喝水！"事实上，乌干达是我到过的气候最宜人的国家，尽管位于赤道地区，但因平均海拔在1000米以上，终年凉爽，首都坎帕拉的日最高气温维持在25—28摄氏度，并因紧邻著名的维多利亚湖而气候湿润。绝大多数中国城市，都没有这样得天独厚的自然条件。但在很多中国人眼中，非洲，无论乌干达、卢旺达还是别的什么"达"，都是沙漠深处孤独且荒凉的贫瘠国度，去那里的人，无一例外都是"找罪受"。

笔者在较为熟识的中国朋友中做了粗略的调查，大多数人听到"非洲"后脑中出现的第一个词语或影像，包括暴乱、象牙、钻石、海盗、裸露上身的妇女和原始部落。这种刻板印象，竟与殖民主义时代的流行观念如此相似，而即使在150年前，中国自己也还是西方列强砧板上的肉。至于非洲的文化结构和思维方式，则并不存在于中国人（包括受过良好教育、拥有国际视野的人)的常识之中。

上述两例仅浅略涉及非洲在中国人观念中的图景式存在,如一张即时成像的照片,将历史中流动且纷乱的种种光线与色彩,定格在一张凝固的胶片上,尚不足以触及深层文化结构中的差异和误解。可即便如此,也不难看出中国和非洲这两个看上去关系日趋亲密的巨大文化体之间,存在着多么深的鸿沟。

事实上,任何两种文化之间出现任何形式的误解,都是正常现象。这大抵是文化"保守"与"排他"两种天性使然。不独非洲,中国与西方文化的大规模交流早在晚清时期即在官方层面大规模展开,其间更伴随着新文化运动对中国传统文化的激烈清算,可时至今日,又有多少人真正读懂了西方?至于中非之间,尽管早在郑和下西洋时代,中国人便踏上了索马里和肯尼亚的土地(肯尼亚出土过永乐通宝以及明代景德镇青花瓷器,据考证是随郑和的船队抵达非洲大陆的),但两者之间拥有更亲密的关系,大约源自毛泽东时代中国政府对非洲新兴独立国家的经济援助。20世纪50年代晚期,中国政府与非洲六个国家签订了第一批贸易协定。60年代,周恩来总理连续出访非洲十国。当时,双方的这种关系被视为对非洲国家民族解放与革命事业的支持,而非洲国家对中国援助的反馈则体现在外交领域内:1971年,联合国第26届大会通过2758号决议,恢复中华人民共和国的合法席位。时任外交部译员的著名外交家吴建民确信:"是非洲兄弟把我们抬进去的!"

中非之间更新、更牢固的经济纽带，则起始于2000年首届中非合作论坛（FOCAC）的召开。从这一年开始，中国极大强化了对非洲的经济援助。论坛每三年一届，三届过后，中非之间的贸易金额已从1999年的65亿美元飙升至2006年的550亿美元。大量的生意人、援建工人、淘金者和专业人士涌入非洲大陆。目前在非洲长期生活的中国人，人数在100万上下，而十年前这个数字仅为10万左右。

然而，如历史一再表明的那样，经济关系的密切并不必然导致文化的亲缘。尽管对于绝大多数非洲人来说，"中国"是个非常熟悉的字眼，但这种熟悉并未导致文化上的亲近。即使是受过良好教育并供职于中国企业的非洲年轻人，也往往非常自然地认为中国人都是武林高手，这种印象大多来自好莱坞电影。尽管住在城市的非洲人可以很容易地看到来自中国的新闻报道和电视节目，但这些内容远未能促进两种文化的有效交融。非洲人对中国的文化误解，与中国人对非洲的文化误解一样严重。这些误解都停留在极为表浅的层面，不加掩饰地折射出人类面对异文化时的慵懒和傲慢。

全球化为不同文化体提供了相互了解与相互理解的机会，却最终演变成政治与经济体系的狂欢。文化与文化间，横亘着嵯峨的巴别塔，筑塔者讲着不同的语言，却用极其相似的方式拒斥着交流与谅解。这是历史积淀而成的结果，还是人类的天性使然？或许没人说得清楚。我们对文化差异的理解，依旧停留在极为初级的阶段——我们误解的对象，甚至包括误解本身。

复杂的非洲人

非洲大陆，尤其是东非，被广泛认为是全人类的起源之地。大约700万年前，这里就有人类的始祖生存，包括非洲南猿和乍得人猿等。至于最早的智人，则出现于埃塞俄比亚。尽管在人类发展的历史长河里，非洲大陆上存在过辉煌的文明，但在从9世纪到18世纪这漫长的1000年里，非洲大陆从未出现强大到可以聚合各种文明的统一政权。广袤的土地上，总计存在过1万多个国家或其他政体，虽绝大多数如彗星般陨落于历史长河中，却也诞生过如古埃及这般辉煌的文明。

撒哈拉以南非洲的厄运源自从7世纪开始的奴隶贸易。在大陆东部，阿拉伯奴隶贩子总计将1800万非洲人经印度洋运往世界各地。到15世纪，大西洋上的奴隶贸易极为勃兴，在四百年间，总计有约1000万非洲人被绑架、劫掠并运往北美。从事这项贸易的人包括葡萄牙人、英国人、法国人、西班牙人、荷兰人和美国人。直到19世纪，西方主要殖民国家才在国内政治压力下纷纷终止奴隶贸易。取而代之的，则是欧洲大国对非洲领土的直接瓜分。及至19世纪晚期，整个非洲大陆只余两个独立的民族国家:东非的埃塞俄比亚(彼时被欧洲人称为"阿比西尼亚")和西非的利比里亚(实际为美国控制)。绝大多数国家沦为列强的殖民地或保护国。尽管这一历程给不少尚处于原始部落阶段的非洲国家带来了现代社会的种种制度和理念,却也对被殖民国家的自然资源和文化传统构成了毁灭性的破坏。

没有人能够说清这段屈辱而叵测的历史究竟对今日非洲人民的生活方式和非洲文化的发展轨迹带来了何种冲击。在我们的访谈中,几乎每一位受访的中国人都会就他们与非洲人的交往和接触发表一大通看法。其中有不少判断触及了殖民主义有可能对当代非洲人的价值观和行为方式产生的影响。事实上,尽管绝大多数非洲国家都已赢得民族与国家的独立,但殖民主义对这片土地的影响始终没有得到彻底的清算,遑论涤除。例如,非洲最为强大的国家南非,虽然很早即脱离英国统治成为独立国家,但直到1994年,整个国家始终被占人口极少数的白人以行之有效的种族隔离制度统治。另一个例子,是东非国家乌干达在1962年独立后,需要确立一种官方语言,其时原属于布甘达王国治下的南部地区通用卢干达语,操这种语言的人数也在全国总人数中占据优势。但在立法过程中,南北双方发生了尖锐的矛盾:北方人拒绝将南部通行的语言设立为官方语言,而南方人则担忧北方人的学习和使用会破坏卢干达语的纯洁性,因此也拒绝这一提议。双方反复争吵,无法达成共识,最后竟只能将原宗主国(英国)的国语确立为官方语言。这一现象在多个独立后的非洲国家都曾不同程度地出现过。

复杂的历史造就复杂的性格及国民特征。几乎每一个在非洲长期生活的中国受访者都给出了非常相似的结论。大学一毕业即来非洲、曾在六七个国家待过七年的大型中资企业员工小窦*，如今在乌干达分公司负责公共关系维护业务。在坎帕拉著名的中餐馆"花园"，他给我们讲了一个很有意思的故事：本地一所著名大学邀请该公司的一名高管去做一个演讲。在国内，这种应邀的演讲通常都有一定的酬劳，由大学支付。但出于建立良好关系的考虑，小窦在与对方敲定此事的时候，没有提及酬劳的事，即是做好了"义讲"的准备。然而没过多久，小窦收到了大学方面来的邮件，内容如下："为了更好地配合贵公司某总的演讲，我们将安排一位教授做活动的主持人兼点评人，不过需烦请贵公司为该教授支付500美元的酬劳。"看到邮件后，小窦惊呆了，他无法理解这是一种怎样的逻辑，算是敲诈吗？他回信过去，解释公司没有这样一笔预算，无法支付这500美元的费用。谁知大学方面又来信说："没关系，您可以把其他地方的费用挪过来啊！"这次小窦彻底崩溃了。并不是为了钱，而是因为不知所措。为什么会有这样"无耻"的事情发生？不过小窦毕竟是经验丰富的"老非洲"了，在长期与非洲人打交道的过程中，形成了相当灵活的思维方式。这回他转换思路，不再纠缠这500美元，而是在回信中这样写道："谢谢贵校的信任，由于鄙公司

---

* 应当事人要求，书中部分受访者的姓名为化名。

某总的演讲出场费是2000美元,为避免不必要的财务程序,我们将两笔账合为一笔,烦请贵方一次性支付我们1500美元即可。"这封邮件发出后,对方再也没动静了。

事实上,几乎每一位在非洲生活的中国人,都曾略带无奈地对我们讲述非洲人"喜欢要钱"。去超市买东西,门口的保安会对你说:"嗨,我的朋友,给我买一瓶苏打饮料吧!"在跨国企业工作的员工,几乎每个人都曾借钱给非洲籍同事,甚至包括公司总裁、副总级的"有钱人"。对于借债,很多人拖欠,甚至根本不还。

"后来我渐渐想明白了,"小窦说,"其实借钱、要钱也许是一种文化习惯,'给我买一瓶苏打饮料吧'就像我们中国人见面说'你好'一样,你给他买,他会很感激;你不给他买,他也一样善良热情。"

非洲人对于钱的态度,是最令中国同胞费解的。尽管生活普遍贫穷,国家亦缺乏有效的社会保障,但这里的人几乎没有存钱的习惯。第一天发工资,第二天便花个精光的事时有发生。在外资企业,非洲雇员提前预支工资,再在下个月薪水中扣除预支金额,已经成了一种惯例。"借钱的理由千奇百怪,经常是家里死了亲戚,我有一个同事跟我借过三次钱,每一次的理由都是'我爷爷死了',也不知道他到底有几个爷爷。"小窦说。

然而,非洲人也有另外的一面。在乌干达的首都坎帕拉,尽管城市建筑破败、道路坑洼不平,但街上基本找不到烟头、碎屑或垃圾。非洲无疑是贫穷的,根据联合国《2009

年人类发展报告》，全世界人类发展指数排名最低的24个国家中，有22个是非洲国家。但即使在最穷的国家的城市里，交通也基本是井然有序的，机动车避让行人，没有人在市区随便鸣笛，更没有人从车窗向外丢垃圾。此外，非洲人中烟民很少，更别提在公共场所公然吸烟的人。工作中的非洲人，无论赚钱多少，几乎全部穿着熨烫得笔挺的衬衫和一丝不苟的西装裤，反而是中国人着装更加随意，穿着睡衣去上班也不奇怪。

中国人在非洲

相比欧洲人，中国人尤其是中国资本在非洲的广泛存在已经是相当晚近的事。用乌干达记者罗纳德·赛坎迪（Ronald Ssekandi）的话来说："当年的欧洲人，左手拿着《圣经》，右手拿着枪，闯进来……"在他看来，现在非洲人的思维方式和行为方式，基本上来自于欧洲殖民者。

诞生于2000年的东非共同体（East African Community, EAC）已形成统一市场，正在探讨推出单一货币，并可能结为一个联邦制国家。目前的五个成员国包括肯尼亚、乌干达、坦桑尼亚、卢旺达和布隆迪，其中三个主导性国家（肯尼亚、乌干达、坦桑尼亚）历史上均为英国殖民地或保护国。英国的文化、习俗和制度对这一区域的影响，使得其他外来文化（包括中国文化）的进入变得非常艰难。这一历史与文化的缘由，自然也会加重中国人与非洲人之间的误解。

2006年，罗纳德·赛坎迪来了一趟中国，到了北京和上海。他说，这是他第一次亲眼看见真实的中国——城市的奢华、商业的繁荣、物产的丰饶，所有一切都令他震惊。在此

再见巴别塔　11

之前,他一直以为北京和坎帕拉差不多。"乌干达是发展中国家,中国也是发展中国家,尤其是中国自己时常把这一点挂在嘴边。"赛坎迪出生于一个相当富裕的家庭,如今是东非颇有名气的国际新闻记者,月收入1000多美元,是毫无疑问的精英。对于绝大多数连温饱问题都还有待解决的普通非洲人来说,"中国"不过是大街上越来越多的黄色面孔,他们在这里开公司、开餐馆、挖矿,很有钱,却也不好相处。中国人仿佛带走了很多,却基本没有留下什么,尤其是没有留下多少可以持久发酵的东西,如观念、价值和文化。在非洲经商多年的李淼对我们说:"尽管事业有成的自己已不可能离开非洲,但将来老了,还是会回到中国去生活。"很少有中国人会把非洲当作自己的第二个故乡,哪怕他已经在这里生活了大半辈子。在非洲的中国人基本只与中国人交朋友,他们的文化保守而封闭。与非洲人结婚生子的中国人几乎没有,偶尔有一个,也往往成为其他中国人的谈资和笑柄。即使如赛坎迪这样消息灵通的新闻记者,也不能从侨居乌干达的近一万中国人那里获得对中国文化、历史与现状的恰当理解。

　　造成沟通不畅的原因,也许是多方面的。作为记录者,我们不便去揣测。2012年7月,在乌干达首都坎帕拉,我们组织了一场小型的新闻记者座谈会,邀请多位乌干达籍知名媒体从业者"头脑风暴",讨论中国与非洲之间出现文化分歧与误解的缘由。与会者来自路透社、英国广播公司、新华社,以及多家乌干达本地的重要报社与电视台。这些人大多毕业于东非名校马凯雷雷大学新闻传播系,有的还曾远赴英国接受教育。其中，供职于路透社的视频记者贾斯汀·德拉雷兹（Justin Dralaze）说出了他的感受："中国与非洲打交道的方式主要是政府对政府、领袖对领袖，而民间的交流、人民对人民的交流，几乎是不存在的。"这个观点基本得到了所有参会者的认同。

马凯雷雷大学(Makerere University)是乌干达规模最大的大学，位于首都坎帕拉。

非洲华人社群的生活状况，似乎也确实如此。中国商人会组织小范围的华商组织，其现状几乎可以"山头林立"来形容。总的来说，就是一个大圈子里面套着无数个小圈子，不同的圈子自成体系，互不干扰。中国人内部尚且如此，何况是与当地人？我们访谈过的旅非中国人，包括私营企业主、打工者、跨国公司员工、政府官员、援建技术人员等，几乎没有一个人表达过与非洲本地人交朋友的意愿。在一些大型中资公司如华为、中海油等，尽管非洲本地雇员的比例已相当高，但中国员工与非洲员工也始终处于"各忙各的、各玩各的"的状态。

"有很多东西是短期内难以改变的。"供职于乌干达某大型中资企业公共关系部门的翟薇对我们说，"比如说，很多非洲人信仰基督教，他们认为无论自己得到了什么，都是上帝的恩赐，包括中国人修的公路、大坝和体育场；而中国人多是无神论者，更愿意通过努力的工作来获取安全感，而且希望非洲人知恩图报。"

翟薇所在的公司为在当地树立良好的企业形象，曾深入许多贫困的城市社区做公益慈善活动，比如为失学儿童捐款等。但每次深入社区做活动，都让翟薇头痛不已。"哪里是慈善活动？明明就是批斗大会！"她有点愤愤地说。社区居民似乎觉得中国公司都是财大气粗、无所不能的，在活动中，他们甚至会夺过话筒，指着活动主办者的鼻尖说："你们这些大公司既然这么有钱，为何不将村外那条残破不堪的公路修一修？"翟薇被这种奇怪的逻辑惊呆了：修路是你们政府的事，凭什么让我们花钱？难道我们有钱就必须给你们花吗？"所以，不是我们不和非洲人交朋友，而是有些障碍实在克服不了。"

翟薇还给我们讲了她与打扫房间的非洲阿姨之间发生的许多既可笑又令人无奈的故事。

最令她念念不忘的是牙刷的故事。中国人普遍节俭，换牙刷之后，旧牙刷舍不得丢掉，总会留着刷刷鞋、刷刷浴缸上的小污垢之类。第一次换牙刷，翟薇将旧牙刷放在墙角的拖鞋边。晚上下班后，发现非洲阿姨已经将墙角的牙刷拾起，重新放回牙缸，与新牙刷"亲密地"摆放在一起。翟薇无奈，只好将两支牙刷均弃用，并语重心长地对非洲阿姨说："放在其他地方的牙刷，请不要理会，更不要放回牙缸。"第二天，翟薇将旧牙刷放在浴缸旁，离刷牙的地方有几米远，谁知晚上到家，发现旧牙刷又一次奇迹般被插回了牙缸。第三天，翟薇下了狠心，将旧牙刷放到马桶旁边，心想："非洲阿姨总不会把马桶附近的东西也捡回来吧！"谁知下班后，打开卫生间的门，翟薇彻底崩溃了：那只顽强的旧牙刷，再一次傲然挺立于自己的牙缸之中，与自己三天内启用的第三只新牙刷肩并肩地站在一起。

"那一刻我知道自己被打败了，"翟薇说，"从那以后，用旧的牙刷我绝对直接丢掉，不给非洲阿姨留下机会。"

翟薇尝试对这种"交流的无奈"做出解释："非洲人有根深蒂固的信仰，这种信仰在他们的思维和行为中设定了很多框架，该怎么做、先做什么、后做什么，都有下意识的固定程式。你和他们聊天没问题,但要改变他们的程式,是不可能的。在他们看来,牙刷就是刷牙的,只能放在牙缸里,其他地方一概不行。"

问题依旧是:在非洲,缺乏一种机制或一套观念可以让本地人去了解乃至理解中国人的思维方式。相比中国人,欧美人在非洲面对的交流不畅的现象就轻得多,原因在于很多非洲人信仰基督教,两者之间有一个共同的文化载体,遵从一系列相似的基本逻辑。善于与中国打交道并对中国文化有所了解的非洲人,大多有在中国生活的经历,比如曾在中国的大学留学。

天朝上国梦

我们没有《圣经》,但我们有《论语》。这似乎是很多中国人在谈及中非文化交流时,会自然而然想到的。相关数据显示,自2005年非洲第一所孔子学院在肯尼亚内罗毕大学成立以来,目前非洲已设立了29所孔子学院和孔子学堂,其中南非、肯尼亚、埃及和尼日利亚等大国还不止一所。孔子学院由国家汉办领导,其师资、教材和教学设备等,均由中国政府拨款出资。但孔子学院的影响力,似乎还远不足以上升到"文化交流"的高度。

非洲大陆是全世界最为广袤的欠发达区域,能够接受大学教育的人占人口比例极少。即使是非洲最发达的国家南非,可以上高中的人也不足总人口数的一半,其中黑人比例更低,仅有14%。而孔子学院往往设立在一个国家最精英的大学里。对于普通非洲人来说,这是一个既遥远又模糊的概念。而对于精英阶层的年轻人而言,只有在产生学习汉语的迫切需求时,才会与孔子学院发生联系。这种偏重"上层路线"的文化传播策略,无法与可以渗入最贫苦家庭的基督教信仰相比。

　　中国文化与价值观的自洽性和封闭性，似乎是一个不争的事实。中非交流的最早记录，出现在唐朝人段成式的《酉阳杂俎》中。书中提到的"拔力国"，经考证，即指现在的索马里。此外，在索马里的摩加迪沙（Mogadish）和坦桑尼亚的基尔瓦（Kilwa），考古学家均挖掘出来自中国的钱币。这些钱币大多源自宋、明、清三代。14世纪时，摩洛哥著名旅行家伊本·白图泰（Ibn Battuta）乘船经马六甲海峡抵达中国主要港口泉州，并在造访杭州后，沿京杭大运河抵达北京。在他的游记中，曾有这样的描写："对于旅行者来说，中国是最安全、最有秩序的国家。独自一人携带重金在中国漫游九个月，也不必感到丝毫畏惧。即使贫穷的和尚与乞丐也能穿得起丝质的衣服。瓷器之精美天下无双，就连母鸡也比我们国家的个头大。"

　　中非之间带有官方性质的正式交流，则开始于郑和下西洋。郑和的船队一度抵达索马里并沿岸向南直至莫桑比克海峡。与西方早期航海者不同，郑和的主要使命在于宣扬明朝中国的国威。他向东非的土著领袖赠送礼品，并代表中国皇帝赐予他们封号。中非之间并未就此建立起贸易关系。对于彼时的中国来说，也许这趟"文化之旅"唯一的成果就是从非洲带回了两只长颈鹿作为献给永乐皇帝的礼物。一些文献记载，1415年前后曾有中国船只在肯尼亚的拉姆岛（Lamu Island）附近沉没，幸存的20位中国船员游上岸，并与当地妇女结婚，繁衍后代。目前，在该岛上仍有六位居民身上存留着中国血缘。

"天朝上国"的顽固观念止步于国家层面点到即止的碰触，无法产生真正意义上的交流。对于东非沿海诸部族的酋长和头领来说，一个来自遥远的中国皇帝的封号和那些精美的瓷器、钱币，也不过是些消乏解闷的奇技淫巧。明代的朝贡体系更像是个华而不实的角色扮演游戏，入戏者大多有着利益的考量，一旦利益体系崩塌，一切都会烟消云散。非洲之于中国和中国之于非洲，其实一样的匮乏与无知。比起西欧的基督教传教士深入非洲大陆腹地，学习当地语言、了解当地文化、在无比艰难的条件下创建教堂与学校的精神来，中国从未曾真正尝试去理解非洲。真正能在文化上实现交流与理解的，只能是身在非洲的普通中国人。

已在非洲生活了三十余年的老资格华商张先生来自台湾，曾在尼日利亚、冈比亚、加纳等国游历经商，如今定居乌干达并娶了位本地黑人太太，生了两个漂亮的小孩。在他看来，两种文化始终无法相融的主要原因在于，中国人心太急，不肯脚踏实地，总幻想着"捞一票就走"。他们把非洲当作一夜暴富的淘金圣地，没有人愿意扎下根来，做一些心平气和的事。很多年轻人被传说中的机会和财富吸引，头脑发热地买了张单程机票来到非洲，幻想着三年五载之后摇身变成亿万富翁再衣锦还乡。到了非洲之后，却一味待在条件较好的大城市，不学本地语言，不与本地人打交道，更不会去连公路都没有的穷乡僻壤寻找商机。"闲暇的时候，他们宁可躺在床上看中国电视剧，也不愿去市场转转。"

在非洲的中国人，普遍有种文化上妄自尊大的心态。这或许就来自历史上传承下来的"天朝上国"的幻想。我们在乌干达和肯尼亚采访了十余位计划在非洲长期生活的中国商人，在问到他们是否愿意和本地人结婚生子、组建家庭时，除张先生外，所有人都对这一想法表示不屑。在乌干达做矿产生意的江苏人李淼说："我总不能带个黑女人回去吧，我是要面子的。"说这话的时候，他用右手轻拍自己的右面颊，同时做出了一个颇有嘲讽意味的表情。

种族主义虽然早已作为政治不正确的样板而被彻底清算，但没有人能否认种族主义多多少少存在于每个人心中。

非洲印象

懒惰、不守时和爱要钱,是绝大多数中国人给出的"非洲印象"。

小窦负责企业的公共关系工作,每天都要和乌干达本地人打交道。我们对他进行了两次采访,每一次他都有说不完的"逸闻趣事"。他把自己多年与非洲人打交道的经历总结成了一系列经验,大多很有效果,因此他得以比其他人更顺畅地与非洲人打交道。

在绝大多数中国人看来,"不守时"是最令人头疼的"非洲性格"。家里的水管坏了,打电话给维修公司的人,对方往往会说:"明天上午10点,我准时到你家。"不过,如果你信了,事情将不了了之,因为即使你第二天等一整天,也不会有半个水管工露面。再打电话过去,对方会连连道歉,再承诺:"明天下午2点我一定到!"当然,第二天下午2点,你仍然处于无水可用的状态。

刚到非洲时的小窦,对此无计可施。他不知道应该怎样让自己的水管恢复正常。有一次,他遇到法国使馆某位签证官的妻子，对她谈及自己的苦恼。那位女士是本地人，闻言朗声大笑，拍着小窦的肩膀说："我的朋友，这太简单了，下次他再说明天上午10点，你马上打断他，问他此刻在什么地方，然后立刻开车去接他，这样他就跑不掉了！"小窦将信将疑。没过几天，卫星电视天线出了故障，他照例打维修电话找人来修。"明天上午10点我准时到！""不不不，你现在在哪里？我立刻开车去接你！"对方似乎有些意外，却还是说了个地址——是另一个用户的家。小窦挂断电话，立刻驱车前往，生生把维修工人"截"到了自己家，顺利地修好了天线。

"非洲人的思维比较单线条，不像中国人那样可以同时做好几件事。他答应你明天10点来的时候，并不是说谎。只不过后来又有其他人给他打了电话，于是他就把和你的约定忘掉了。"小窦试着解释。

迟到问题的确是很多外国人难以适应的"非洲性格"。我们在乌干达和肯尼亚采访了十余位本地人士，上至总理、部长，下到普通国民，被采访对象没有一次准时出现在约定的地点，迟到时间均在半小时以上。有一些人竟然忘记了约定的时间，电话催促过才匆匆赶来。采访乌干达国家文化中心总经理约瑟夫·瓦鲁格比（Joseph Walugembe）先生那天，还发生了一件有意思的小事。采访约定的时间为上午9点，对方却直到9点半才露面。他客气地把我们让进办公室，并对我们说："稍等，我去取名片来。"之后，他走出了办公室。10分钟后，他气喘吁吁赶回来，一屁股坐在我们对面，微笑着说："咱们开始吧！"我们面面相觑，只好试探着问："您没有找到名片吗?"他闻言一拍脑袋:"对不起我忘记了!"再次起身折返,这次不到2分钟就回来了,递过了他的名片。

"权当是在锻炼自己的耐性。"小窦有点无奈地对我们说。

从水管工事件之后,小窦仿佛突然开窍了,他触类旁通地找到了和非洲人打交道的方式。在我们看来,有点像金庸小说《天龙八部》里慕容家的"以彼之道,还施彼身"。去加油站加油,工作人员总是会对顾客说:"嗨,我的朋友,给我买瓶饮料吧!"小窦说,应对此类状况的方式,就是在对方张口之前,抢先说:"嗨,我的朋友,给我买瓶饮料吧!"通常情况下,对方闻言会呆愣半晌,搞不清状况,自然也就忘了要钱的事。对于频频向自己借钱的同事,也可以用类似的方法对付。当对方说:"借我2万先令吧,我爷爷死了。"最好的回答方式是:"对不起,我爷爷也死了,我正打算跟你借钱呢!"

小窦是我们访谈过的中国人中,心态最好也最游刃有余的一个。毕竟他在非洲生活了七年,并辗转西非、北非和东非。他说,关键在于自我消解、不生气。"多备些降压药、速效救心丸,被气得心跳加速血压飙升时,就吃一粒,也就好了。这就是他们的思维方式,你不能幻想去改变。"

其实,"爱要钱"在很多情况下体现的是非洲人强烈的权利意识。这或许是与儒家文化中的集体主义气质最相抵触的地方。小窦的公司曾邀请非洲的一些重要客户去中国开会、参观,并负担其一切费用,包括机票、一日三餐和住宿等。谁知回来之后,这些人竟要求小窦再支付他们一天几十美元的"津贴"（allowance）。这样的事，任哪个中国人都会觉得匪夷所思。人家出钱请你去国外参观、游玩，还管吃管住管路费，你怎么还伸手向人家要钱？但非洲人的逻辑是这样的：你安排我去中国参观，这既不是出差，也不是我的本职工作，而且还影响了我在国内的正常工作，所以你要给付我因此而损失的经济收入。

"如果不付这笔钱给他们，会怎样？"我们问小窦。"他一定会去法院起诉你。"小窦回答。

后来，小窦再也不敢嫌麻烦，每次安排类似的事，都会提前白纸黑字与客户签好协议，声明公司只负责路费和食宿，绝无津贴。这样一来，就免除了后续的烦恼。中国文化讲究人情世故，中国人总觉得只要大家成了朋友，便一团和气、一切好说。但这是非洲人简洁的思维方式中绝不存在的东西。除非签署有法律效力的文本，否则对方一定"翻脸不认人"。在交流中出现矛盾的时候，最好的处理方式是写一封正式的投诉信并加盖企业公章，递送至对方的负责部门，这样往往能较快解决问题。如果用惯常的中国式"人情往来"去解决，反而会产生恶劣的后果。

在中国对乌干达援助机构担任翻译的成都男生张昊已被单位派到乌干达近两年，现在供职于一支体育场馆项目援建工程队。他对我们说，在非洲近两年的生活几乎使他的价值观发生彻底改变。来非洲之前，他从各个渠道获得的信息都相当令人愉悦：由于中国多年来大力援助非洲兄弟，所以非洲人民对中国人民非常友好；非洲民风淳朴，如世外桃源；

非洲兄弟个个善良，乐于助人……但在乌干达生活过一段时间并利用闲暇时间游历了东非不少国家之后，张昊说："我快要变成种族主义者了。"

张昊还对我们讲了一场中东非足球邀请赛的故事。"半决赛是乌干达主场对坦桑尼亚，七十多分钟时，泛光灯（注：体育场最顶上两排体育比赛专用照明灯）突然灭掉一半，我们赶到时竟然发现配电房没人值守，电路一切正常。后来据说是有个观众把灯关了一半，而值班的黑人电工跑到楼上看球去了。"

中国援乌医疗队的朱医生表示，他本来怀着对友好国家的满腔热情赴乌开展工作传授医术，却并未得到想象中的尊重，工作缺乏成就感，"很多时候，当地同行只把我们当作劳动力，因为我们的辛勤劳动减轻了他们的工作负担"。这令中国医生"很受伤"。

非洲人的"懒"，或许有很多原因，如地理因素、自然条件、文化宗教影响等，甚至有人说非洲人本身就比较懒。若上述种种皆为事实，则难免令人疑惑：这就是事实的全部吗？其他的事实和原因是什么？

曾在乌干达国家体育场工作的张昊对我们讲述了他眼中的现象：因体育场工资不高，且经常拖欠，很多工作人员都会出去揽私活，只有出事他们才来；中国技术组通常是讲具体问题，教他们排除具体故障。尽管设备更新后的确不容易理解和操作，但更主要的是，他们的心就不在（体育场）这里。他们学不学这些技术并无任何约束和要求，学不会也没有任何不良影响。

"难道体育场员工的能力和态度好坏在他们晋升和工资上没有任何体现？"我们问。

"据我所知，体育场员工其实大部分是通过关系进来的，有两个更是乌干达教体部直接打招呼送来说要重点培养的。其中一个还好，做人力资源；另一个管电，偏偏她对电不太懂，工作起来非常困难。尽管员工职务有晋升，但据说工资没有变化，而且当了领导手底下也没人，虽然叫经理啥的，干的还是普通工人的活。"

乌干达的医生其实也不是任何时候都这般懒散不干活的。不少中国医生对我们说，由于乌干达实施公费医疗体制，"公立医院，干多干少一个样，不少医生经常在外面接私活，'勤快'到根本不来上班。缺少人手时，只能拉护士过来一起给病人看病。"生存乃人之为人的最低要求，谋生面前，无人敢懈怠。组织管理和利益分配制度是人做出社会反应行为的重要依据，它能养懒人，亦是鞭策人勤勉的最佳催化剂。在谈到非洲人的懒散时，一位长者拿上世纪六七十年代的中国和非洲的今天作对比："那个时候，我们去百货公司买东西，都是看营业员的脸色，好像是求着他卖一样，营业员还经常回你一个白眼，并偶尔冲你大吼两声：'急什么急！'"

张昊在邮件中，给我们讲述了自己和同事驾车去坦桑尼亚旅行的一段经历：

> 刚进入坦桑尼亚到塞伦盖蒂国家公园内，老游的陆地巡洋舰因为是消防车改装的，一直都挂着警灯。这在

我们前三天的行程中起了很大作用。那时警察也不阻拦我们，一路上遇到的警察都热情地给我们指路。加上使馆的办证大厅还挂了梁光烈出访坦桑尼亚时的照片，路上又知道了坦桑尼亚的公路、铁路基本上都是中国给修的，让我产生了坦桑尼亚人民友好的错觉。

没过多久，情况就变了。由于路上的颠簸和警灯的沉重，警灯与车顶的四处螺栓连接处在第三天出现了两条裂缝，于是我们在塞伦盖蒂把警灯拆了下来，当时没想到后来会遇到那么多麻烦。最令我们受不了的是警察态度的突然转变，或者说遇到了完全另一种风格的警察。穿过恩格罗格罗（Ngorongoro）火山公园的时候并没有遇到太大麻烦，但出来后奔阿鲁沙（Arusha，坦桑尼亚北部行政区，临近肯尼亚）的时候，就被一个女警察拦下，说我们开着氙气灯，容易造成事故，要罚钱。这简直是奇谈，一路上不知多少车开了氙气灯，她不查，我们开就查。查的结果是罚款3万坦先令。她还给了我们两个选择：如果不想开罚单，就给她个人2万；如果开了罚单，要把车扣下，去市里交了钱再领回驾照。大晚上的，虽然我们很愤怒，但也拿她没办法，只能塞给她2万走人。哪里知道，这只是一个开始。从阿鲁沙到达累斯萨拉姆的往返1200多公里路程上，我们被警察拦下来十多次，要么说超速，要么说违规超车，要么说违规逆行。我们一直跟着别的车，别的车警察就不管，一见我们的车就拦。最可恶的是，所有的警察知道我们是中国人后,都会说一句话:"坦桑尼亚和中国是好朋友。"这就是对待好朋友之道吗?!在坦桑尼亚被警察敲诈共10万坦先令,合400多人民币,钱不算多,但性质很恶劣!

张昊的遭遇绝不是特例,几乎每个在非洲生活的中国人,都曾有过被警察勒索的经历。相比被打劫,这样的经历更令人气愤。不过,也有不少受访者坦言,中国人息事宁人、怕麻烦的典型性格特征,也许是导致自己与非洲人打交道屡屡受挫的重要原因。毕竟,非洲国家的经济状况普遍比中国差,警察"勒索"去的虽然在当地人看来数额甚巨,但对中国人来说只能算是"小钱"。如张昊讲述的那样,一路上被警察勒索十余次,罚金不过才折合人民币400余元。这些经历带来的损失,主要是心理上的屈辱感。怕麻烦,尤其是怕与"公家"打交道的麻烦,使中国人成为最"肥美"的受害者。这样的集体心态在很大程度上决定了不少旅非中国人的弱势状况。一位在非洲靠开发廊谋生的中国理发师安桥曾将经济最发达的南非作为自己的落脚点,但在该国短短的生活经历却给他留下了一生的梦魇——那段时间他被当地人多次抢劫,其中还有一次是入室抢劫:安桥收工后回到位于约翰内斯堡近郊的家,却发现家里进来了好几个五大三粗的年轻男人,他们见主人归来不但没跑,还嘻嘻哈哈地打趣他,用绳子将他捆了起来,用手枪抵着他的额头,把家里的现金和贵重物品洗劫一空之后扬长而去。安桥几乎吓得尿裤子。强盗们走后,他坐在凌乱不堪的房间里,强忍胸中怒火足足发了一小时呆,却最终选择不报警。

"大多数中国人遇上这种情况都会忍气吞声，"安桥说，"原因很复杂，也很现实。"除了前文提到的中国人普遍"怕麻烦"的心态之外，还有一个很重要的原因：不少来非洲淘金的中国人都不具备合法居留的身份，他们持短期旅游签证来非洲，签证到期后就成了"黑户"。因为没有合法身份，他们无法在银行开户，赚了钱就通过黑市的地下钱庄汇回国内。但这也决定了这些中国人的安全和权益无法得到任何保障，报警未必能挽回损失，却一定会暴露身份，被遣返回国。强盗与歹徒就是认准了这一点，才专门去抢中国人，而且气焰之嚣张，令人难以置信。

"其实有些国家的政府对这个问题也是睁只眼闭只眼，故意留下一些没有身份的中国人，让失业的年轻人抢一抢，算是发失业救助金了。"安桥说。一年后，他离开了南非，来到了经济贫困、安全形势却更好的乌干达。虽然依旧要面对官员和警察的零星敲诈，但比起动辄被人用枪指着额头，终究安全得多。

无解的误解?

如果用中国人的思维方式去考量非洲人的行为方式,往往会陷入"无解"的境地。依历史学家斯塔夫里阿诺斯的考察,若以中东地区为人类文明最主要的发源地,则埃及、印度为最先受到高级文明滋润的地方,中国、欧洲次之。而南美、澳洲和撒哈拉以南非洲,由于在漫长的历史中大多处于与世隔绝的状态,几乎与外部世界毫无交流。在殖民主义的历史中,非洲大陆也是欧洲列强最后的"选择"。及至19世纪中后期,当亚洲和美洲的绝大多数土地均已沦为或曾经沦为英、法、西、葡等欧洲国家的殖民地,广袤的非洲大陆于欧洲殖民者而言,仍只是沿着海岸线零星分布的一个个商业据点;而物产丰饶的非洲大陆腹地,只能吸引为数不多的探险家和传教士。

以肯尼亚为例,其港口城市蒙巴萨(Mombasa)大约建成于公元900年前后,至12世纪,这座城市已经成为非洲大陆东岸首屈一指的繁荣城市。在漫长的历史中,蒙巴萨始终是印度洋沿岸香料、黄金与象牙贸易的重要集散地,来自阿拉伯、印度和中国的商人麇集于此，盛极一时。而最早抵达蒙巴萨的欧洲人，是葡萄牙航海家达·伽马（Vasco da Gama），他的船队绕过好望角抵达蒙巴萨，是15、16世纪之交的事。1500年，葡萄牙人洗劫了蒙巴萨，标志着欧洲人的势力在东非的开始。而直到1888年，英国正式建立大英帝国东非公司（Imperial British East Africa Company），肯尼亚才正式进入被殖民的历史。在这近四百年间，在欧洲列强的国家层面上，始终未有大规模侵入东非内地的计划。现代肯尼亚的首都内罗毕（Nairobi），在1899年之前还是一片荒芜之地，直到英国人修建了通往乌干达的铁路，它才作为中转站迅速发展起来。东非腹地大大小小的内陆王国，虽远谈不上繁荣富庶，且或多或少为境外势力所控，却也基本与列强保持着相安无事的局面，这使得其传统的原始部族文化得以存在至相当晚近的时期，而不至于像南美与澳洲的土著文化一样，被富有侵略性的欧洲文明吞噬。

但也正因如此，对许多非洲人而言，仿照当年的宗主国建立政府和法院体系，甚至与原宗主国保持更为紧密的经济沟通，或许没什么问题，但在思维方式和行为方式上，他们依旧深受传统的部族与王国文化影响，对于外界的文化因素保持着表面开放、实际却极为审慎的态度。这种态度仿佛是种"集体无意识"，普遍存在却并不为人所感知。

布甘达（Buganda）是大致存在于现代乌干达中部地区的小王国，其前身大约诞生于14世纪晚期，至18世纪，更名为"布甘达"。19世纪时，布甘达已经成为这一区域首屈一指的强国，其军队不断鲸吞周围的土地，舰队也很强大。英国新闻记者亨利·莫顿·斯坦利（Henry Morton Stanley）1875年最初踏上布甘达王国的土地时，曾记录该王国拥有12.5万人的军队与超过230艘战船。不过，随着英国蚕食东非土地的进程加剧，在经历了若干场极为惨烈的战争后，王国还是于19世纪末沦为英国的保护国，其国王姆万卡二世（Mwanga II）则因反抗而遭到殖民当局惩罚，被流放于塞舌尔。布甘达王国的影响力很大，现代国家乌干达（Uganda）的名字，就源自"布甘达"。

世界遗产卡苏比王陵（Kasubi Tombs）位于乌干达首都坎帕拉，是布甘达王国四位国王的葬身之处。王陵的主体为稻草屋顶的锥形建筑。王陵始建于1881年，直至今日，仍是布甘达人政治与精神生活的重要组成部分。但蹊跷的是，在2010年3月26日晚上，一场莫名其妙的大火竟将整个王陵几乎全部烧毁。更为蹊跷的是，火灾成了一桩悬案，到现在仍未告破。我们访问卡苏比王陵时，被焚毁的主体建筑依然是废墟一片。时隔两年，王陵并未重建，这引起了我们的好奇。王陵工作人员介绍道，由于王陵对于布甘达人来说极其神圣，因此在重建问题上，布甘达王国（依然作为一个政治实体存在于乌干达共和国中）态度极为强硬：只接受外界的捐赠，绝不使用布甘达人之外的工匠修建王陵。

然而，对于几已脱离传统生活的现代布甘达人而言，如何重建工艺和结构都不复杂的传统建筑，竟然已成为难题。在仍有广泛影响力的现任国王姆温达·姆特比二世（Muwen-

卡苏比王陵（Kasubi Tomb）是位于乌干达首都坎帕拉的世界文化遗产。2010年3月16日晚，其中的主建筑物遭遇火灾而被烧毁，火灾原因不明。2010年7月28日，世界遗产委员会将其列入濒危世界遗产。

布甘达王国友人讲述历任国王的故事。

再见巴别塔　33

da Mutebi II）的支持下，王国征集了80位有志重建王陵的青年工匠，开始在年长工匠的指导下，学习传统建筑的修建工艺。这一过程已持续了两年多，却仍处于胶着状态。每一位造访王陵的游览者，只能从导游手中的旧照片中，一窥焚毁前的原貌。

　　一座被冠以"世界遗产"荣耀的建筑，被一场不明来路的大火焚毁，并迟迟无法重建，这在中国人的观念中，似乎是件无法理解的事。我们习惯于弄清事情的来龙去脉，并以最高的效率完成必须完成的任务。但在布甘达人看来，很多事是不用急也急不来的。从我们访问过的一些布甘达人来看，包括前文提到的罗纳德·赛坎迪，均认为能否抓住纵火者，"其实并不重要"。新的王陵能以多快的速度重建起来，也绝非布甘达人的当务之急。传统的布甘达文化比非洲绝大多数部族及王国文化更为尊重社会的多元性。在欧洲人到来之前，布甘达人与其他部族的人通婚已是相当普遍的现象。此外，尽管家庭和父权在布甘达文化中拥有极高的地位，但民意和舆论对离婚却是相当宽容的。乌干达独立以后，曾有调查显示，大约三分之一到一半的布甘达人不止结过一次婚。与宽容如影随形的，是相较西方和中国远为随意的生活状态。事实上，包括艾滋病在内的各种性传播疾病在乌干达的传播，与深受布甘达文化影响的现代乌干达人过于开放、随意的性观念有一定的关系。2012年7月，即我们在乌干达调研、访谈期间，乌干达爆发了埃博拉病毒，总统穆塞韦尼（Yoweri Museveni）在紧急的电视讲话中专门叮嘱国民"停止滥交行为",以免病毒因性传播渠道泛滥。

也正因如此,尽管现代乌干达文化(以布甘达文化为主要组成部分)对异文化持有相对包容和随意的态度,但这种"随意"本身,却并不是那么容易改变的。换言之,"随意"本身变成了一种顽固。现在的卡苏比王陵主体建筑周围,有很多结构相似、规模却较小的"草棚子"。这是前文提到的80位青年工匠的"习作"。在真正去重新搭建主体建筑之前,他们要先练习着多盖一些小规模的"模型"来练手。从目前的情况看,进展相当缓慢。

因此,与流行的观点不同,在我们看来,相比拉美和澳洲的土著文化,由于殖民者入侵的时间较晚较短,非洲大陆的传统部族与王国文化并未受到本质性的侵蚀。尽管基督教和伊斯兰教作为外来的宗教势力对非洲人的日常生活保持着广泛的影响,但其对部族与王国文化的冲击只是形式上的。在很多情况下,两者甚至可以做到并行不悖。事实上,虽然许多非洲人皈依了各种各样的外来宗教,但绝大多数非洲人依然按照传统的部族文化规范自己的生活方式,这使得当代非洲社会呈现出高度的多元化与异质性。如前文提到的布甘达人,尽管绝大多数已皈依基督教,但传统部族信仰依旧在其日常生活中占据着至高无上的地位。当中国人试图用与西方基督教徒打交道的方式去了解非洲、进入非洲,遭遇出人意料的挫折也就不难理解了。

印度经验

相较之下,印度人在非洲的存在与中国人形成了鲜明的对比。

目前,总计有约150万印度裔居民生活在东非。他们中的绝大部分是19世纪英国从南亚次大陆运输至此的劳工的后代。19世纪末,英国殖民者修建了乌干达铁路,东起印度洋港口城市蒙巴萨,西至乌干达内陆地区,旨在便于殖民地的货物运输。铁路于1903年正式投入使用,极大促进了肯尼亚和乌干达经济的发展。由于非洲本地缺乏娴熟的技术工人,因此铁路的建设基本上是由输入至此的印度劳工完成的。当时的乌干达铁路沿线总计有约3.2万印度人从事建设工作。工程结束后,有近7000人选择在东非定居。他们的后代在肯尼亚、乌干达和坦桑尼亚等东非国家形成了规模庞大的社群。尽管东非殖民当局不允许印度裔居民进入政府工作,也不允许他们拥有农田,但这些漂洋过海来到此地的印度人显然不甘于只做无关轻重的过客。经几代人的奋斗,相当数量的印度裔居民成为成功的商人与专业人士,在医生和律师从业者中，就有相当数量的印度裔。

从铁路修成到第二次世界大战结束的近半个世纪的时间里，东非印度裔居民数量呈现出飞跃式增长，数量达32万。他们在东非各国的商业领域确立了毋庸置疑的支配者地位，乌干达与肯尼亚两国80%—90%的商业贸易被印度人垄断。至1948年，乌干达196家轧棉厂中，有184家由印度裔居民拥有和经营。

20世纪70年代，印度人在东非的生存受到严重的威胁。1972年，乌干达的总统——同时也是非洲现代历史上臭名昭著的独裁者——伊迪·阿明（Idi Amin）颁布了一道令人匪夷所思的驱逐令：乌干达境内的7.5万亚裔居民（主要为印度裔）必须在90天内离开这个国家。于是，那些在这里扎根几代、拥有规模可观的家族和产业的印度裔居民不得不在极短的时间内变卖家产，逃出国境。阿明此举意在清除外国移民对本国政治与经济局势的影响，却产生了饮鸩止渴的效果。乌干达瞬间失去大量专业人士，包括医生、律师、学者、商人等，这使整个国家陷入混乱，并最终导致75万乌干达人丧命。那些离开乌干达的印度人，约2.7万移民至英国，约7千去了北美，其他人则散落在欧洲和亚洲的其他国家里。直到1992年，时任乌干达总统的穆塞韦尼才在国际舆论的压力下颁布新法令，规定早年遭到驱逐的印度人可以重获其失去的资产。

大批印度人重返非洲，却已无法挽回20年前的惨痛损失。不过，尽管如此，印度商人还是凭借卓越的经商头脑和高度团结的民族意识，重新在短时间内赢得巨大的商业成功。在今日的坎帕拉，仍有大量的高档商场、酒店和工厂为印度实业家所有。在肯尼亚和坦桑尼亚的大城市，情况也差不多。印度移民在每一座东非大城市里修建气势恢宏、装饰豪华的印度教神庙，几乎与基督教教堂和伊斯兰教清真寺一样显著。

旅非印度人和中国人最大的区别，体现在两个方面：一是更重视对非洲本地社会的融入，二是具有更强烈的"抱团"精神。在非洲生活了几十年、从事摩托车贸易的老牌华商张先生，对我们讲述了他与印度同行多年竞争的"惨烈"故事。

"中国人玩不过印度人的，"他苦笑着说，"之所以玩不过，不是脑子不够用，而是不团结，印度人是一致对外，而中国人最爱窝里斗。"张先生给我们举了个例子。由于东亚和南亚是摩托车最主要的出口地区，因此非洲的摩托车市场基本为中国商人和印度商人把持，但在势力上，前者总体逊于后者。"印度人的总体思路是一致对外，同一个行业里的印度商人会联合起来去国外采购，这样可以以很低的价格拿货；在零售的时候，他们绝不打价格战，而是统一定价，大家一齐遵守，改用打广告、深入社区宣传等方式去促销，效果非常好。"相比之下，中国商人多有彼此相轻的习惯，想尽办法攻击竞争对手，尤其擅长打恶意的价格战。"你定价低，我一定比你还低，甚至赔钱卖，也要先把你挤垮再说。而且，可悲的是，这种恶意竞争几乎完全是中国人对中国人。"最终的结果，就是"让印度人渔翁得利"。

在我们的采访中，也听闻了一些虽极端却也绝不罕见的故事。在南非，不少中国人遭遇入室抢劫，歹徒获知的信息竟然是由其他中国人提供的。只因有生意上的竞争关系，竟遭同胞如此迫害，这让很多华商心寒。前文提到过的理发师安桥，就遇上过这种情况。

印度商人区别于中国商人的另一个特征，是强烈的"扎根"意识。在东非，无论来自印度的老移民还是新移民，都做好了在非洲长期生活的准备。他们在当地结婚生子，购房置地，不贪求眼前的蝇头小利，大多从事利润稳定且宜于长期经营的产业，如不动产、酒店、航运、旅游等。而中国商人，如张先生所言，多有"捞一票就走"的投机者心态。他们怀着淘金的"美梦"来到非洲，见什么赚钱就做什么，绝大多数都在从事低端制造业和零售业，包括小商铺、快餐店、超市、廉价服装和皮具销售等。这些产业门槛低、资金流转快，却也最没保障，因为只要有少量资金，谁都能做。这也在很大程度上强化了"中国制造"廉价、劣质形象。即使在最为贫穷的非洲国家，"中国制造"的商品也基本被认为是穷人的专利。一位月薪只有不足1000元人民币的肯尼亚年轻人对我们说，他曾在一个月里换过四个中国制造的淋浴龙头，每一个都是用着用着就坏了。我们采访过的十几位旅非华商中，只有一位加入了所在国国籍，其他人多少都有"赚够了钱就回中国"的念头。他们兜售的商品，自然也顾不上把好质量关。

"也许每个中国人都想衣锦还乡、落叶归根,但这样'打一枪换一个地方',是赚不到钱的。"张先生说。至于那些常驻非洲的大型中资机构的中国员工,更是采取"任期制",被派出的人多将自己的非洲之行视为不得不完成的工作任务,或两年或三年,终究是要走的,自然没有必要以任何方式"扎根"下来。

在东非的各大城市,几乎均已形成文化特质鲜明的印度裔社群,社群成员依宗教信仰、职业类型和收入水平而形成一个个具有高度民族凝聚力的社区。他们有自己独特的生活方式,出版以自己的民族语言印刷的报纸和刊物,建立自己的教育系统。尽管他们在日常生活中绝少与本地人打交道,但印度裔居民作为一个整体,有机地嵌合在东非各国的社会系统中。相比之下,旅非中国人群体仍处于相当零散的状态,往往依照工作关系形成一个个小团体,如驻外记者与外交官员的俱乐部、华商商会、中资跨国公司的工会组织等。甚少中国人在非洲"安家落户",其配偶和子女大多留在国内,兼绝大多数中国人为无神论者,并无共同的宗教信仰,因此华人社群的结合大多是基于经济利益或商业契约,缺乏如血缘和宗教这般强烈的纽带关系,总是显得如一盘散沙。

当然,我们无意指责生活在非洲的中国人为利己主义者,毕竟较之印度人在东非一个多世纪的存在历史,中国人大举涌入非洲仍是相当晚近的事。但印度人的经验和遭遇或许可以为怀着探险之梦踏上非洲大陆的中国人提供一些可资借鉴的经验。毕竟,如果说中国与非洲的关系日趋密切将是可预见的未来里的一个理所当然的趋势,那么中国人就必须学会如何与非洲人、非洲社会和谐相处——以共赢而非"杀敌一千,自损八百"的方式。

关于巴别塔

在东非国家肯尼亚和坦桑尼亚接壤的广袤地区,生活着著名的马赛人(Maasai)。马赛人是半游牧民族,并因其独特的传统、服饰和生活方式而为非洲大陆之外的世界熟知。他们原本生活在图尔卡纳湖(Lake Turkana)北岸的尼罗河谷地,从15世纪开始陆续南迁至东非大裂谷。由于马赛人骁勇善战,因此所到之处原有的土著居民往往为其强行驱逐。

肯尼亚和坦桑尼亚接壤处的广袤草原,在肯尼亚一侧被称为"马赛马拉"(Maasai Mara),在坦桑尼亚一侧则被称为"塞伦盖蒂"(Serengeti)。这一区域,如今是全球最为著名的野生动物栖居地,约有70余种大型哺乳动物和500余种独特的鸟类。每年夏天,来自世界各地的纪录片导演、动物摄影师和游客都会聚集于此,观赏极为壮观的动物大迁徙——约有75万匹斑马和120万匹角马从塞伦盖蒂奔跑至水草更为丰美的马赛马拉。

如其他或自愿或被迫从传统跨入现代的游牧民族一样,不少马赛人脱离了传统的部族生活,加入了收入更为丰厚的旅游

美国《国家地理》杂志摄影记者,于每年7月下旬赴马赛马拉拍摄动物大迁徙。每年7月至10月,迁徙动物会从塞伦盖蒂国家公园来到此地,成为举世瞩目的奇景,吸引大量摄影爱好者前来拍摄。

在马赛马拉观看角马迁徙的旅行者。

业。对他们来说，这个过程既愉悦，又多少有些无奈。

我们于2012年8月初赴马赛马拉拍摄动物大迁徙，聘请了一位自称安东尼（Anthony）的马赛人向导。他没有告诉我们他的本名。"说了你们也记不住。"他淡淡地说。安东尼生于马赛马拉，按照民族传统成长，并未接受过肯尼亚现代教育系统的哺育。可如今，他能讲一口流利的英语，以及不太熟练的法语、德语，甚至几句中文。大约十年前，刚刚度过成人礼的他在一个极偶然的机会下认识了一个来自德国的名叫莫妮卡·布朗（Monika Braun）的中年女人。如不少厌倦欧洲都会生活的浪漫主义者一样，她爱上了马赛马拉，决定在这里开一家专为旅游者提供膳宿的旅馆，而安东尼最终成了她的合作者。他们的旅馆开在肯尼亚马赛马拉国家公园最中央的区域，除莫妮卡之外，雇员全为马赛人。

除了儿时依传统刺留的巨大耳洞外，我们已经很难从安东尼身上看到马赛人的痕迹。带我们外出追逐动物的时候，他会穿上马赛人独具特色的猩红色披肩（马赛人称其为shúkà），但下身通常是肥大的沙滩短裤和时髦的凉拖。多配偶制（一夫多妻制和一妻多夫制）以及割礼等诸多为现代文明所批判的传统文化习俗，依然在绝大多数马赛人部落里一丝不苟地执行着。"割礼是一个很重要的仪式，"安东尼对我们说，"整个过程不用任何麻药，非常痛，但接受割礼的男孩必须始终保持沉默，不能发出任何声音，否则就会被认为缺乏男性气概而令部落蒙羞。"而割礼完成后，男孩往往要静养3—4个月的时间，不少人因伤口感染而丧命。

"这些与现代世界格格不入的传统习俗，不会对你构成困扰吗？"我们问长期旅居于此的德国女士莫妮卡·布朗。她的回答耐人寻味："30年前我是个嬉皮士，在大街上游行、抗议、绝食，反对苏联，反对美国，反对一切让我看不顺眼的东西。但是，来到马赛马拉，了解了马赛人的文化之后，我明白了一个道理：我这个人其实是渺小的、微不足道的。事实上，任何人都是渺小的、微不足道的。"她指了指旅馆门外无垠的金色草原，反问我们："在上帝创造的这样伟大的地方，难道你还会对这个世界有任何怨气吗？"

莫妮卡的话让我们陷入了沉思，也开始不断对自身的"非洲经历"展开反省：我们以传媒学者和新闻记者的身份，试图忠实地记录下中国与非洲在文化交流中的遭遇和误解，但自始至终，我们自己是否做到了如莫妮卡这般的心平气和？受访非洲人的迟到和爽约，听同胞们倾诉非洲遭遇时的"同仇敌忾"的快感，包括与马赛人打交道时不可避免地带着探险家的猎奇心态……与我们的采访过程如影随形。巴别塔并不存在于任何客观、透明的空间，而存在于每一个试图了解非洲却又不愿放下种种刻板成见的"闯入者"的心里。

在一个多月的时间里，我们集中走访了非洲国家政府、大型驻非中资机构、援建工程队、旅非华人华侨，以及非洲本地和出于种种原因来到非洲工作的学者和记者同行。和我们一样，当中国和非洲这两大古老的文明刚刚开始接触时，他们都对未来满怀着憧憬。一个是经济总量居世界第二的东方大国，一个是拥有无穷可能性的富饶大陆，中国和非洲的拥抱似乎给我们提供了阐释这个世界的另一个框架。然而，经过十余年的沉淀和淘洗，无论中国人还是非洲人均无可奈何地发现，紧密的经济纽带和牢固的政治关联并未带来文化上的亲近，反而在很大程度上构成了一道难以填补的裂痕。仿佛官方越亲密，人民反而越疏远。

生于乌干达、在英国接受高等教育并供职于英国广播公司（BBC）的新闻主播凯瑟琳·毕亚茹昂加（Catherine Byaruhanga）给出了她的答案："中国与非洲国家打交道，花了很多钱，修建公路、医院和运动场，但普通的非洲人并不在意这些东西是谁修的。他们只在乎一件事：谁让我的生活变得更好，我就喜欢谁。"比起广泛渗透至东非各国日常消费领域的印度人和曾与非洲有过密切历史关联的西方人来说，中国人在非洲的存在是纯粹官方的、高高在上的，甚至是会带来威胁的。对此，供职于乌干达广播公司（UBC）的记者伊曼纽尔·穆泰兹布瓦（Emmanuel Mutaizibwa）一语中的："要建立人民对人民的关系，而不仅仅是政府对政府的关系……CCTV在非洲的确有影响力，但只有政府高官爱看，老百姓是看不懂的。"

中国援建项目遍布非洲大陆，但很少有普通非洲百姓知道这些与自己的日常生活息息相关的建筑是中国人修的。乌干达的国家体育场被生活在这里的中国人戏称为"乌干达鸟巢"。体育场位于首都坎帕拉的一座小山丘上，由中国援建，至今仍有一支中国工程队驻扎于此，负责场馆的技术维护。然而，这座体育场却被命名为曼德拉体育场。场馆内外几乎看不到任何带有"中国援助"字样的标识。只在场外一处偏远的角落里，立着一块方碑——那是一块墓碑，上面镌刻着四位中国工人的名字，他们在建设这座体育场时因工程意外而身亡。墓碑隐没在半人高的荒草丛中，几乎难以被注意到。我们随机采访的绝大多数乌干达本地人，对于体育场是由中国援建这件事，并不知情。

在某些地方，情况或许更糟糕。由于经营理念和企业文化的差异，中国企业主尤其是矿产业主与本地雇员之间经常就薪资、休假等问题发生冲突，甚至爆发过规模不小的正面冲突，引发西方媒体的广泛关注。在我们即将结束调研离开肯尼亚的时候，当地一位记者朋友还对我们说，美国一位著名的导演正计划来乌干达拍摄一部关于"中国企业主如何苛待非洲本地雇员"的纪录片。

花钱是买不到朋友的，这一点，许多局外人都看不清楚、想不明白。交流的成功与否，更多取决于交流者的姿态。将中国与非洲人民之间的文化误解归咎于意识形态和宗教信仰的差异，是有失偏颇的。事实上，非洲的社会具有高度的包容性，非洲人纵使有难以改变的行为方式，在观念上也相当有亲和力。他们既不像西方人那样在"政治正确"的问题上"顽固不化"，也不似东方人大多心存强烈的乡土意识。如马赛人这般以游牧为生的民族，原本便是四海为家的，他们大多可以坦然面对并尝试理解外来者带来的文化，并努力从中汲取对自己有益的成分——这或许源于现代非洲国家的所谓民族主义更多是西方列强殖民带来的伪概念（对此我们会在后文中讨论)——总之民族主义并未成为非洲人拥抱外部世界的障碍。在我们组织的小型研讨会上，供职于世界知名媒体的非洲记者相当坦率地讨论各种问题，有些问题是我们在西方与中国的任何研讨会上都无法听到的。比如，来自路透社的摄影记者爱德华·艾奇瓦卢（Edward Echwalu）与他的同事贾斯汀·德雷拉奇（Justin Dralaze）就当代非洲国家的政治问题争论得面红耳赤，前者坚持认为"只要能使国家富强，独裁者也是可以接受的"。

在中国和非洲官方交往日趋频繁的今天，民间的文化交流几乎为零，这不能不说是个巨大的遗憾。我们在非洲游历期间，遇见了不少西方国家的民间文化交流团体，如澳大利亚一个非政府组织长期支持乌干达国内的孤儿院建设，并不定期派遣人员来乌做志愿者，这些人在普通非洲民众心中建立了活生生的"西方形象"。相比之下，在国内从事非洲研究的学者却往往陷入经费匮乏的境地。马凯雷雷大学（Makerere University）教授穆林杜瓦·茹汤加（Murindwa Rutanga）就不无感慨地对我说："研究非洲的中国学者不少，但真的愿意到非洲来的并不多。"笔者对他说："并不是他们不想来，而是没有机构资助他们来。我顶多算是一个非洲观察者，而非研究者。"

当我对不少非洲本土"精英"提出交流障碍的问题，以及非洲人的种种令中国人难以适应的行为方式时，他们则反问我："既然是你们自己要来赚钱，为何反而要我们改变？"这个问题让我们哑口无言。"非洲人不是傻子，"罗纳德·赛坎迪对我们说,"有索取就要有妥协,这里已经不是任外国人予取予求的地方了。中国人必须学会与非洲人打交道,如果中国人想在这里长久地待下去。"事实上,尽管大多数非洲国家依旧贫穷落后,但非洲人的公民素质在很多领域甚至走在中国人前面,这是很多国人不敢直面的问题。如何让一个单纯、善良、井然有序的群体去信任和喜爱一群惯于随地吐痰、在飞机上的卫生间里抽烟、动辄在公共场合高声喧哗的"侵入者"?

当然,情况正在悄然变化,虽然并不显著。笔者借中国和乌干达建交60周年的契机,遍访这一东非小国境内的中国人聚居地和文化交流机构,可以较为清晰地感受到旅非中国人正在从以往的挫折中汲取教训,积极调整自己的心态,以更好地适应这片神秘的大陆。

在乌干达西南部,来自中国的重庆国际建筑公司正在班迪布戈(Bundibugyo)山区建设一条长约103公里的公路,以连接该国西部重镇福特波多(Fort Portal)和邻国刚果(金),极大便利了东中部非洲内陆国家之间的贸易。该公司总计雇用了超过1000名本地工人,与来自中国的劳工一起从事建设工作。项目经理告诉笔者:"公司规定要同等对待当地工人和中国工人。截至目前,公司尚未发生任何作业事故和严重的员工摩擦。"但工程开始之初,情况并不乐观。据该公司的乌干达籍人力资源总监乔治·卡巴冈比(George Kabagambe)介绍,曾有中国项目经理因当地员工"不够勤劳、不爱加班"而对其大声吵嚷。但经过时间不短的磨合期，现在双方在行为习惯上基本形成了共识，"很多东西其实只是误解……只要互相尊重，就能得到友善的化解"。

此外，在官方往来之外，民间交流也渐渐得到了重视，并取得了良好的效果。维多利亚·赛奇托利科（Victoria Seki-toleko）女士曾是乌干达政府高官、联合国粮农组织前驻中国代表，有在中国长期生活的经验。2012年，她返回乌干达，并在坎帕拉设立了"中国—乌干达文化中心"，希望以此作为中国人和乌干达人彼此会面并增进了解的平台，同时积极在乌传播中国文化。2012年，她扩大了中心规模，将之打造成为乌干达最大的中国民间图书收藏基地。中心提供汉语教学服务，迄今已帮助八名乌干达学生成功申请到中国学校的奖学金项目。"乌干达人喜欢中国绿茶和中国餐饮。越来越多的乌干达人选择去中国留学而不是传统的英美国家读书，他们回来后可以马上找到工作。"维多利亚在用绿茶招待笔者后兴奋地说。

在《圣经·旧约·创世记》中，全人类联合起来修建通往天堂的高塔。为了阻止人类的野心，上帝让人类讲不同的语言，使之无法交流与沟通，从此争议不断、龃龉频频，人类不再是浑然天成的整体，而分裂为无数的种族、人群和部落。经历了漫长的隔绝与分裂后，势不可挡的全球化浪潮终于对嵯峨的巴别塔展开了有力的冲击。世界上的人能否最终越过种种语言、文化乃至意识形态上的偏见，实现真正意义上的沟通与谅解，最终摧毁象征着误读的巴别塔？

中国与非洲，一切才刚刚开始。

寂寞的异乡人

　　寂寞,是几乎每一个旅居于这片土地之上的中国人都会用来形容自己的一个词。他们尝试通过逃离文化母体的方式来争取更多的自由,却发现得以维系自己的身份并令自己拥有安全感的,依然是他们一直渴望逃离的母文化。

过早的邂逅与别离

第一次采访李淼前,从当地的华人那里听到不少关于他的传言,有点"未见其人,先闻其声"的感觉。在乌干达这样的东非小国,若一位中国人拥有极其鲜明的个性,会很容易在华人圈子中出名,因为这个圈子实在不大。在赶来与我们见面之前,他刚刚去乌干达的海关部门为自己公司货物的进出口办理一个至关重要的文件。接待他的政府官员在耐心听取了他的要求之后,对他偷偷做了一个奇怪的手势。在非洲生活多年的他见状心知肚明,即示意同行的下属退出房间,并从口袋里悄悄拿出两沓钱,共计200万乌干达先令(约等于5000人民币)递给对方。"什么时候能办好?"李淼问。"明天!"这是乌干达官员的回答。而在此之前,他从正式的官方途径得到的答案是"一个月"。

已经在非洲生活了近十年的李淼出生于1982年,与笔者年龄相仿。从外观上看,他和中国国内的大多数商人没有什么分别:短袖白色格子衬衫,胸前解开两个纽扣,棕色休闲裤,质地柔软的皮鞋,留着清爽的短发,微胖,皮肤黝黑,双眼明亮犀利。他是江苏连云港人,讲一口语速很快但不大标准的普通话,语气中总是带有一些商人特有的夸张感。也许是第一次接受这样正式的采访的缘故,一开始他总是低着头,双手不大自然地扭扯衬衫的下摆。直到后来,才渐渐放得开了些。

最初,李淼是作为家族企业的代表来非洲驻扎的。十几年前,他高中毕业,和中国的很多不知前路在何方的少年相仿,他曾经犹豫过是不是该继续读书。但最终,种种因素促使他放弃了大学,选择到父亲经营的家族企业工作,并在父亲的安排下为开拓非洲市场而踏上了东非国家肯尼亚的土地。

那是李淼第一次走出国门。当时他只有19岁,从未离开过父母亲人。刚刚走下飞机的那一刹,他便心生悔意,而这或许是所有初来非洲的中国人的第一感受。身边都是与自己肤色不同的陌生人,操着带有奇怪音调的洋泾浜英语,待人接物的方式亦与中国有很大不同。而这时的李淼连一句英语都不会讲。

肯尼亚气候宜人,风光壮美,其马赛马拉地区的动物大迁徙举世闻名。在经济上,也是整个非洲数得上的繁荣地区,但与中国的东部沿海,依旧无法相比。内罗毕虽历史短暂,却因坐落在肯乌铁路的枢纽上而在英国殖民时期被确立为首都,并拥有远高于整个国家发展水平的现代都会气息。城中高楼大厦鳞次栉比,并有联合国人居署(UNHABITAT)与环境署(UNEP)设立于此。但对李淼来说,这些都是没有意义的。想看大都会,可以去北京,可以去上海,为什么非要千里迢迢来非洲呢？尽管有千般的不情愿，李淼心里依然很清楚："来这里就是为了赚钱，既然是为了赚钱，就不要一味地怨天尤人。"这是商人和知识分子最本质的不同。

其实，总体上在内罗毕的生活并没有想象中那么糟，温和湿润的气候在很大程度上缓解了背井离乡带来的心理上的不适。加上工作紧张繁忙，兼熟悉环境的迫切需求，李淼也没有太多时间去考虑快不快乐的问题。为了在非洲立足，首先要突破的是语言关。这对于没有读过大学的李淼来说，的确不是件容易的事。

错综复杂的历史原因使非洲人对语言的使用呈现出相当凌乱的状态。几乎在任何一个国家，都不存在一种全民通用的语言。以肯尼亚为例，尽管只拥有4300万人口，大约相当于中国一个中型省份，却有69种语言在不同范围内被广泛使用。有些语言，如Turkana语，只有30余万人将其作为母语。而两种官方语言——英语和斯瓦希里语则更多充当不同人群之间相互交流的通用语的角色，几乎不是任何人的母语。因此，即使在内罗毕大学这样的精英教育机构，也很容易发现每个人讲的英语都带着几乎截然不同的语音。尽管在大城市里，英语是商业、教育和政府系统最常用的语言，对于做生意的李淼来说，似乎只掌握英语就可以，但这也意味着他永远不可能与当地人拥有真正意义上的交流，更不要说理解和融入。这让笔者忆起自己在丹麦留学时的生活：虽然绝大多数丹麦人都能熟练运用英语交流，但只要不会讲丹麦语，就永远无法真正融入哥本哈根的日常生活。

李淼是个非常聪明的人,他很快就能熟练运用工作与生活必须掌握的基本英语。如今,他已经可以游刃有余地用极具特色的"乌干达英语"和政府官员沟通、对员工训话,甚至与当地人吵架。

促使李淼下决心离开肯尼亚的,并非语言文化上的隔阂,而是一次惊心动魄的经历。那是他到肯尼亚的第四年,随着家族事业渐有起色,在非洲的生活似乎已经走上了正轨,李淼也渐渐淡忘了最初的思乡之苦。但有一天,在内罗毕繁华的市区,正在行走的李淼被两个持刀的肯尼亚年轻人拦下,他们将他身上的现金和证件洗劫一空,包括唯一能够证明他在这个国家合法身份的护照。那时的李淼并不知道繁荣的内罗毕同时也是非洲最危险的城市之一,早在20世纪90年代,就获得"内罗抢劫毕"(Nairoberry)的"昵称"。2001年,联合国将内罗毕列为全世界最不安全的城市之一,其统计数据显示,全城近三分之一的居民曾有过遭抢的经历。缺乏统筹的城市化导致大量失业人口涌入城市,而市政府在警力设置上却羸弱不堪,兼警局腐败,众多罪犯即使被捕,也可通过行贿而获释,这使内罗毕为过去十年间的社会发展付出了相当沉痛的代价。

劫犯离开后,身无分文的李淼呆坐在路旁,刚到非洲时那种孤立无援的感受排山倒海般再度袭来,而过去几年里苦心积累起来的一丁点归属感和安全感,也顷刻烟消云散。神智清醒后,他立刻打电话给使馆,希望能够抓紧补办护照。使馆说,按照规定,丢失护照的人先要向警察报案,然后登报发表遗失声明，才可以补办。李淼压抑许久的怨恨和怒火骤然爆发，他在电话中与使馆的工作人员大吵了一架，用自己从小说到大的母语——中文。他在内罗毕的大街上，像疯子一样，对着手机的话筒，一边喊骂，一边抑制不住地流泪，直到精疲力竭。

  对于很多长期侨居非洲的中国人来说，一本中国护照或许是让他们对自己的身份产生确定性认知的唯一证明。绝大多数华商宁可顶着年年签证和有可能因政策变动而被驱逐的风险，也要保留着中国国籍。因此，中国护照对他们来说，并不只是一个简单的证件，而有着更复杂、更细腻的象征意蕴。

  没过多久，李淼就回到了中国。他甚至没有怎么整理行装，仿佛不愿将关于非洲的任何记忆带到自己的国家。走上飞机舷梯的那一刻，他以为自己这辈子再也不会踏足这片土地。

故乡与他乡

回到中国之后,李淼度过了或许是这辈子最令他温暖和安全的一段日子。那大约是在2005年,他才只有23岁,在长辈眼中依然是个没长大的孩子。但几个月过后,他就发现了一个极为严重也极为现实的问题:在中国,他无法找到一份令自己满意的工作。比起赚钱相对容易的肯尼亚来,在中国,没有读过大学的李淼几乎无法找到任何一份体面的工作。父亲经营多年的家族企业逐渐陷入衰退期,李淼在经营理念上与父亲发生尖锐的分歧,不愿意继续为父亲工作。他在求职的市场上足足游荡了一个月,却一无所获。他没有朋友,没有社会关系,他在过去几年里所拥有和积累的一切,几乎都留在了肯尼亚。如今,回到了故乡的他却反而像个异乡人。

对于天生喜动、精力旺盛的李淼而言,失业的滋味是无比难受的。与家庭的紧张关系,更加重了他的抑郁。他渐渐明白,也许回头已经太晚,自己的命运恐怕已经和非洲连结在一起。经历了足够多的失魂落魄,在一场宿醉之后,他做出了一个改变了自己一生的决定：重返非洲。

"至少在这里我还能养活自己。留在中国，我又能做些什么呢？"他说。

也许是那次被抢劫的经历令李淼过于难忘，这次他选择了同在东非，但政局更稳定、治安也更好的邻国乌干达。曾与肯尼亚同在英国殖民统治下的乌干达是一个内陆国家，却因紧邻世界第二大淡水湖维多利亚湖而拥有丰沛的水资源和肥沃的土地。历史悠久的布甘达王国曾统治维多利亚湖西北方的广袤土地，如今的首都坎帕拉就位于这个地区。

然而，不同于区域性大国肯尼亚，乌干达尽管拥有丰饶的资源和舒适的气候，却同时也是世界上最不发达的国家之一，基础设施建设极为薄弱，几乎没有成形的现代工业，且因贫穷和医疗力量欠佳而保持着极高的婴儿死亡率（2012年为61‰）。在20世纪80年代，乌干达曾有超过30%的人口为艾滋病病毒携带者。

李淼坚持拒绝了家里的一切支持，只身一人在首都坎帕拉的一家中国人开的贸易公司找了一份工作，成为一名打工仔。因为薪水微薄，他只好住在公司里。坎帕拉的现代化程度远不及内罗毕，但城市依山傍水，兼物价低廉，很适合一无所有的李淼生活。从一开始，他就因熟悉中非之间贸易的相关流程而受到公司的器重，不到一年时间即成长为这家公司的中坚力量。他们在非洲国家建工厂生产皮鞋，再出口至西方国家，利用非洲远为低廉的劳动力成本获取较高的利润。尽管李淼很快就熟悉了这一套程式并让自己的生活逐步走上正轨，但他始终明白自己远涉重洋来到这个贫穷的国度并不是为了做一个打工仔。他要建立一个属于自己的商业王国，就在这个自己于冥冥之中到来的国家。

对于有野心、有能力的中国人来说，乌干达是一个非常适合开创事业的地方。这里经济相对落后，市场竞争小、空白区域多，只要努力、用心，便不难找到投资的机会。而且，即使投资同等规模的商业（如店铺），所需的资金也远比国内少。李淼很快熟悉了在乌干达经商所需的一整套流程，包括如何与腐败的政府官员打交道以获取更优质的服务与支持。这些东西是他当年在肯尼亚吃了无数的苦头一点一点学会的，如今统统派上了用场。对他来说，唯一的瓶颈是资金。尽管拥有殷实的家境，但自尊心极强的李淼不愿意接受家里的资金支持。他和父亲的矛盾并未因分离而缓解。

"那时候最大的愿望就是有一天能赚够30万（人民币）。"如今已有几千万身家的李淼这样说。他现在出门办事，往往随身携带上千万先令（约折合2.5万人民币）的现金，用于贿赂各路政府官员。乌干达拥有极为腐败的政府，在国际透明组织的系统里，乌干达的腐败指数为2.4（0为最腐败，10为最不腐败），这对于如李淼这样的中国商人来说，既是一件麻烦，也是一种便利。麻烦之处在于，一切法律和章程几乎形同虚设；而便利之处在于，一旦公司运转上了轨道，资金比较充裕，则无论做什么都会越来越顺利。

在刚刚创业的那两年，李淼恨不得每个硬币都掰开花。他拼命工作攒钱，只吃最简陋仅能填饱肚皮的食物，并且几乎中止了一切休闲娱乐，终于积攒起约等于15万人民币的积蓄。他认为时机已成熟，便辞去了原来的工作，与另一个年龄相仿的中国商人合股，在坎帕拉开起了自己第一家商铺，并凭借聪慧的头脑，迅速成为乌干达华商圈中冉冉上升的新星。那一年，李淼只有25岁，国内与他同龄的人正处在研究生毕业并为就业发愁的阶段。又过了几年，生意的局面逐渐打开，李淼决定放弃传统的低端货物进出口贸易，开始涉足利润更高的能源开采与出口行业。他承包了坎帕拉市郊一处颇丰裕的矿山，开采有色金属并销往中国，几乎一夜暴富。在不到30岁的时候，这个没有上过大学的中国小镇青年将自己变成了遥远国度里的千万富翁，并计划将分公司开到肯尼亚、坦桑尼亚和卢旺达等邻国去。而他在中国的同学和玩伴则大多生活在北京、上海、南京等城市中，为居高不下的房价和恶劣的空气污染头痛不已。

　　30岁的李淼似乎拥有了一切。尽管乌干达的贫穷落后给生活质量带来了不少影响，但他也在多年的打拼中交了不少志同道合的朋友，基本都是中国人。他们组建商会与俱乐部，在事业上互相帮衬扶持，生活中也是亲密的玩伴。只是，这十年来，李淼心中有一个始终解不开的结。这个结，基本上存在于所有生活在非洲的中国年轻男人心中。

蝶*

  小蝶来自河南农村,是一个漂亮、乖巧的女孩。大约三年前,刚刚从中专毕业的她因无法在郑州找到称心如意的工作,而动了出国的念头。正在这时,乌干达一家著名的高档中国餐厅通过互联网在国内招聘服务员,待遇非常优厚,小蝶便动了心报了名。尽管她的父母从未听说过这个遥远国度的名字,也万般不情愿让宝贝女儿跑到那里去当什么服务员,但始终拗不过小蝶,最后也只好放行。于是,这个从小到大半步没有离开过父母视线的女孩,就这样只身一人来到了非洲。

  与李淼不同,小蝶并没有什么野心。她对外面的世界充满好奇,却并不试图建立什么属于自己的王国。像绝大多数同龄的农村少女一样,她性格朴素安静,对童话般的爱情抱有美好而单纯的幻想。来乌干达之前,"非洲"的概念几乎不

---

* 因种种原因,我们未能采访到"小蝶"本人,她的故事来自其他旅非华人的转述,其中或有细节上的失真。文中所涉及的人名与机构信息,按转述者要求,均做了化名处理。

存在于她的头脑中。传说中的贫穷、酷热和瘟疫,似乎既没有那么可怕,也与自己没什么关系。并非她胆子很大,而实在是出于单纯。

抵达乌干达时,小蝶也未如李淼那样深感失望。她觉得这里还不错,和自己的农村老家并没有太多区别:一下雨就泥泞不堪的道路,街两旁参差不齐的铁皮屋子,以及在路边向往来的汽车司机兜售本地土产和手工艺品的小商贩。在某种程度上,这里似乎还更好一些,因为气候远比中国河南舒适宜人。尽管位于赤道附近,但坎帕拉的最高气温常年维持在摄氏25度左右,而且几乎每天下午都会下一场小雨,除却弥漫在绝大多数非洲城市上空的汽车燃油和垃圾焚烧产生的气味,空气总体上清新湿润,这令小蝶感到满意。她甚至不怎么想家。

在乌干达的工作和生活充实且安全。小蝶的食宿全由雇主负责。餐厅的伙食自然不差,住宿就在集体宿舍。每年的薪水约有5万人民币左右,远高于国内同等职业的收入水平。然而,到了非洲之后,有一件令小蝶多少有些想不通却又多少有点惊喜的事:她发现自己身边的追求者越来越多,甚至到了"泛滥成灾"的程度,这种情况在家乡并未出现过。

小蝶工作的餐厅几乎是整个乌干达最高档的中餐馆,在这里吃一餐,人均消费大约在10万先令(约为40美元),而整个乌干达的年人均GDP只有不到500美元。因此,来这里消费的客人,除了乌干达本地的富人外,多为外资企业(尤其是中资企业)派驻此地的员工。他们拿着本国水平的工资收入，在当地拥有极强的购买能力。而且，绝大多数中国人无法习惯非洲本土饮食，即使常年在此生活，也以吃中餐为主。自从小蝶成为这里的服务员，有不少中资企业的男青年开始频繁光顾，他们将绝大多数商务洽谈和好友聚会的地点选择在小蝶工作的这家餐厅，并指明由小蝶来服务。这固然是因为这里环境优雅、餐食地道，同时，更有着其他难以言明的因素。

刚来乌干达工作不到两个月，就有几个条件相当不错的大型中资企业的年轻人向小蝶发起追求的攻势，这令小蝶非常意外。这些男孩大多毕业于国内外名牌大学，不少还是硕士、博士。他们在大型中资企业的非洲分部担任工程师、技术人员等专业性极强的职务，薪酬亦相当可观。在国内时，条件这样优越的"高富帅"怎么会追求自己——一个连大学都没有读过的农村女孩呢？

小蝶虽然书读得不多，却是个头脑很清楚的女孩。即使面对这么多优秀的追求者，她仍然保持着理智。她心里明白，毕竟肯抛下国内的舒服生活来非洲发展的女孩是极少数。在男女比例严重失调的在非中国人圈子里，有些姿色的女孩拥有众多追求者是再正常不过的现象。发生在非洲大陆的男女情爱，大多是际遇型的，寂寞使年轻人比平常更容易坠入爱河，所以小蝶也没有过于自满。对于绝大多数追求者，她总是微笑着拒绝，尽管他们真的非常优秀。

但是，在来非洲满一年并渐渐开始享受这里的生活时，一个突然出现的男人改变了一切。

陆臣是一家大型中资企业派驻乌干达的网络工程师，负责当地网络通信设备的基础设施建设。他30岁出头，瘦高个，戴一副很有风格的黑框眼镜，总是穿着熨烫得笔挺的白衬衫，深蓝色的牛仔裤，普通话很好，健谈而幽默，几乎符合一个怀春的少女对完美男友的一切想象。不知从什么时候起，小蝶发现他时常出现在自己工作的餐厅，有时带着客户，有时带着朋友，有时只有自己。也许是年纪稍长的缘故，陆臣更加沉稳，从不像其他小伙子一样殷勤地与小蝶搭话，更不会厚着脸皮去和她调情。他与小蝶的交往，总是彬彬有礼，这反而让小蝶产生了强烈的好奇心，甚至反而有点喜欢上了这个大自己近10岁的男人。

这种发乎情止乎礼的暧昧持续了几个月以后，陆臣终于开口约小蝶去维多利亚湖游船。小蝶几乎不假思索地答应了。她自己也觉得奇怪。也许在内心深处，这一刻她已经等了太久。这是来出国以来小蝶第一次约会。她几乎忘记应当如何去约会了，只记得专程跑去商场买了条还算漂亮的连衣裙，并到中国人开的发廊把头发剪了剪。陆臣依旧是原来的样子：白衬衫、牛仔裤、黑框眼镜，话不多。他开车载着她穿过人潮熙攘的坎帕拉城区，道路坑坑洼洼，一直颠簸。沿途遇有红灯停车，便会有六七岁的黑人小孩敲他们的车窗乞讨，以及手持外包装上印着中国字的卫生纸、弹簧秤以及其他廉价商品的小贩来兜售。小蝶来坎帕拉已经一年多，却第一次发现自己对这座城市竟如此陌生。她的绝大部分时间，都在宫殿般富丽堂皇的餐厅中度过，那里衣食无忧，环境整洁，接触的客人非富即贵。面对坎帕拉凌乱的街景和尘土飞扬的道路，小蝶有点茫然无措。她和这座城市之间究竟是怎样一种关系？她真的在这里生活过吗？一个抱着婴儿的黑人小女孩敲他们的车窗，笑得灿烂，向他们乞讨，小蝶本想打开车窗，却被陆臣阻止。

"他们都是职业乞讨者。这样不安全。"他斩钉截铁地说。

小蝶想不明白窗外那个瘦弱的黑人小姑娘究竟能给自己带来什么危险。但陆臣的话坚毅肯定，有种不容置喙的力量。而这让小蝶感到安全。

后面的细节，小蝶已记不清楚了。这个年龄的女孩，即使拥有旁人看来的冷静，也多半是假象。在陆臣这样成熟稳重又不失活泼的男人面前，她们原本便很容易沦陷。小蝶只记得陆臣对自己深情而斩钉截铁的告白，以及自己羞赧却毫不犹疑的答应。

在乌干达谈恋爱，和在中国有极大的不同。这里没有灯红酒绿的现代大都会，也没有什么像样的约会场所。唯一可以称得上浪漫的娱乐，就是去花园城（Garden City）看一场在发达国家早已下线几个月的电影。坎帕拉的大街上，永远挤满了吵闹的人群和喧嚣的车辆，弥漫着燃烧不充分的汽油味道。不过小蝶觉得无所谓，她原本也不是个贪恋物质享受的女孩。只要和陆臣在一起，哪怕只是静静地牵着手坐在车里，也无比幸福。一个女孩无论多么理智与精明，一旦坠入了爱河，心智往往变得极为简单。而这个时候，如果生活中出现某种变故，给她带来的打击也将是毁灭性的。

跨越大洋的相亲

李淼从一开始就没打算在乌干达谈恋爱。他太聪明，早就把旅非中国人之间的所谓爱情看得清清楚楚。这里不是北京、上海，更不是巴黎、罗马。即使待在如坎帕拉这样还不错的城市，对于绝大多数人来说，也是相当寂寞的。而人在极度寂寞的时候，原本泾渭分明的道德标准往往变得模糊、暧昧。

据估计，旅居非洲的上百万中国人中，有超过80%是男性。造成这种状况的原因其实不难想象。一方面，绝大多数大型中资机构，如华为、中海油等企业，以在非洲国家进行基础设施建设和能源开发为主营业务，这些企业的男性从业者比例原本就很高。另一方面，在流行的观念里，非洲是一个遥远而危险的地方，愿意来此打工或做生意的人，也以男性居多。例如，我们采访过的某大型中资企业的乌干达分公司有近100名中国员工，其中只有3位是女性。性别比例的严重失调，带来了不少问题。远离故土及情感生活的匮乏，使很多中国男性长期处于压抑状态，因此不得不通过种种"非正常"的方式来缓解这一状况。

  第一种缓解方式，是赌博。在博彩业合法的非洲国家，中国男性是光顾赌场的主要人群。在这里，将自己打拼多年积累的资金一夜输光的事情绝不罕见，每天都有人一夜破产。而且，相比人口基数相当或更大的欧美人和印度人，中国人中的赌徒比例高得出奇。由于很多人不是将赌博作为一种娱乐，而是将其视为发泄的途径，因此往往极为情绪化。一进赌场，他们在生意场上的理智和冷静便一扫而空，成为一掷千金的豪客。为了解决这些赌徒的资金需求，地下钱庄极为繁荣。很多以放高利贷为生的人，也都是中国人，他们基本只做同胞的生意，经营方式也比较温和。

  除赌博外，另一种方式就是非正常的性行为。在中国人较多的非洲城市，不难看到挂着中文招牌"娱乐中心、特色按摩"的所谓按摩院，这些按摩院其实就是隐匿的色情场所，专为旅居非洲的中国单身男性提供性服务。其从业者大部分是从中国招来的年轻女孩，偶尔也有本地的黑人女性。"单嫖双赌"是我们访谈过的不少旅非中国人用来描述中国男性休闲生活，意即一个男人无聊的时候会去按摩院，而两个男人无聊的时候往往结伴去赌场。

  不过，由于卫生条件较差以及非洲国家较高的传染病率，因光顾性服务业而感染性病的案例时有发生，有些人甚至感染艾滋病。因此，相比光顾"按摩院"，寻求较为固定的性伴侣是更为普遍的选择。在非洲的中国人里，"露水夫妻"是极为寻常的现象，大家早已见惯不怪。乌干达华商圈里，曾有一对中年男女，整天出双入对，所有人都以为他们是共同来此创业的夫妇，直到有一天女方回国，大家才知他们在国内各有家室子女。这对男女甚至在乌干达生了一个孩子，因无法带回国，最后只能由在乌干达定居的台湾商人张先生收养。不过尽管如此，他们的行为却并未受到其他同胞的抨击，人们提到此事时，语气中甚至带有些许的同情。或许只有身在非洲的人，才能体会那种渗入骨髓的寂寞，以及对身体及心灵慰藉的渴望。

但李淼不这样想。他在骨子里是一个非常传统的中国男人。在他看来，男人到了30岁，就要谈恋爱，要结婚，要生孩子。比起在非洲少得可怜的女孩中寻找对象，他选择了更加保守的方式：请人在中国介绍，他再乘飞机回去相亲。

"我在非洲见了太多故事。在感情上，我没法相信在这里生活的中国人。"他对我说，同时点燃了一枝登喜路香烟。

国内亲戚给他介绍的第一个女孩是一位在上海某大学里工作的行政人员，二十六七岁，性格娴静，容貌也端庄大方。李淼与她在网上聊了一个月，便买了回国的机票去上海与她见面。原本满怀希望与自信的他，被这次见面挫伤了自尊。女孩拥有硕士学历，对没有上过大学的李淼颇有些不屑。尽管李淼在非洲拥有雄厚的经济实力，但在女孩眼中也只是土财主。而李淼对女孩的某些观念和行事风格也无法适应。

"她一门心思想在行政系统里向上爬，而且斩钉截铁地说绝不会跟我来非洲。"李淼有点无奈地笑着说，"我在这里奋斗十年积累的一切，在她眼里，什么都不是。"无论拥有了多少，却始终不能得到其他人的认可，那滋味很不好受。如此不愉快的氛围下，李淼只与女孩相处了一天就离开了。对方显然对他也不感兴趣，两人友好地道别，此后再也没联系过。

  这次相亲的经历让李淼现实了很多。他开始明白尽管自己憧憬着纯净无邪的爱情和婚姻，但现实不允许这样的东西存在。"无论你多有钱，哪个姑娘愿意抛下一切嫁到非洲来呢？这里又不是美国。"在很大程度上，这是事实。我们采访过的那家大型中资企业的乌干达分公司有近100名中国员工，其中只有3位是女性；而那90多位男员工则分为两类：一类是年纪轻轻就做好长期打光棍准备的，另一类是年纪较长、早已成家立业的。想在这里谈个天荒地老的异国恋爱，几乎是天方夜谭。就算具备这样的心境，也很难找到适宜的环境。

  第一次相亲失败后，李淼做出了一个多少有点痛苦并自私的决定。他对热衷于给他介绍女朋友的亲戚朋友说，他需要的女朋友不必漂亮，也不必受过多高的教育，但一定要愿意放弃国内的生活，到非洲和他在一起，为他生儿育女。至于爱情，似乎可有可无了。"我是商人，我的优点就是趋利避害。如果什么事让我撞了南墙，那我一定立刻掉头。如果我的生活让我无法拥有爱情，那我至少可以拥有一个家庭。"他这样对我们说。

  没过多久，国内的朋友给李淼介绍了第二个女孩。她叫芳菲，刚刚大学毕业，在南京生活。这次李淼没有按照传统的套路与之交往，而是开门见山地说："我找女朋友就是为了结婚、建立家庭，我希望她能到非洲来和我一起过日子。我会努力工作，竭尽所能给她最好的生活，但前提是两个人必须真正在一起。"他让芳菲先考虑清楚这些问题，再作下一步的打算，女孩虽然有些错愕，却也答应仔细想想。"我知道这样很自私。80后的独生女是父母的掌上明珠，别说嫁到非洲来，就是嫁到另一座城市去，也会舍不得。但我没有别的选择，这是我拥有婚姻和家庭的唯一方式。"李淼说。

大约考虑了三天，芳菲对李淼说，如果两个人发展顺利，她可以接受来非洲生活。李淼长舒一口气，他明白自己可以踏踏实实谈一次恋爱了。两人相隔千山万水，只能通过网络聊天来交流。没过多久，便已如胶似漆。李淼几乎把工作之外的所有时间都花在网络上。因为与国内有五个小时的时差，他经常清晨四五点起床上网，这时正是国内的上午九十点钟。芳菲是个简单的姑娘，性格平和温婉，却又很有主见，这一点非常吸引李淼。没过多久，他便迫不及待买了回国的机票去南京见芳菲。他们在南京度过了快乐的一个星期，确定了恋爱关系。芳菲其实不漂亮，个子小小的，整个人都很安静，与她在一起总是非常舒服。直到很长时间以后，李淼才得知芳菲曾就是否可以来非洲生活的事与父母产生了一些矛盾。用芳菲自己的话来说："虽然不知道自己会不会喜欢上你，但我希望一旦喜欢上你，可以做到义无反顾。"

李淼说，下一次回国，他就要和芳菲去登记结婚了。*

---

* 在本书出版前夕，我们从李淼处得知，他与芳菲的感情出现了"重大变故"，一切重又回到未知状态。这是后话。

曲终人散

相比李淼，小蝶与陆臣的恋情，似乎进展得相当顺利。他们几乎将一切休息时间用在约会上，并一起游遍了乌干达的著名旅游胜地。但有一件事一直令小蝶感觉有些奇怪，那就是在私下里，她几乎从未见过陆臣的同事或朋友。陆臣所在的公司在当地拥有相当规模，按理说他应该有很多同事。但相处一年多来，小蝶从未见过他们。陆臣每次出现，都是独自一人，他们也从未和其他中国人一起玩过。不过小蝶很快就让自己相信：谈恋爱就应该是这样的。

在一起大半年后，小蝶曾意外怀孕过一次。她曾想和陆臣回国登记结婚，再把孩子生下来。但陆臣以非常有说服力的姿态打消了她这个念头。他说，两人的事业都处在关键阶段，贸然回去需要放弃太多既得的成果，是不明智的。尤其是，自己的外派期未满，根本不可能回国，除非破釜沉舟，直接辞职。可是不回去的话，难道让小蝶一个人在国内带孩子吗？小蝶本想继续建议在乌干达生下孩子，但很快她就放弃了。怎么能让自己的孩子在这样一个贫穷落后的地方成长呢？她无奈地想。

最终，小蝶妥协了。尽管有百般的不情愿，但如其他温和乖巧的中国少女一样，她选择了遵从恋人的意愿。在陆臣的安排下，她在一个干净、隐秘的中国医生开的诊所做了堕胎手术。过程并不痛苦，但小蝶心里还是多少产生了一些抑郁的情绪。她甚至没有告诉自己的父母。对于一个传统的中国农村家庭来说，未婚先孕是完全不可接受的。

也许是因为经历了自己想都没想过的事，堕胎事件几乎成了小蝶与陆臣的恋情中的分水岭。从那以后，她逐渐变得理智了些，也更加注重争取自己在这段恋情中的"地位"。此前，面对陆臣的时候，她总感觉有些自卑。他读过那么多书，掌握着高级的技术，而且在跨国公司担任要职，去过很多国家，无论见识还是谈吐都让自己只能仰视。但现在，小蝶感觉自己有了一些硬起腰杆的资本——毕竟，她独自为两个人的恋情承受了苦难。但是，令她微微不安的是，似乎陆臣对这段恋情的态度也发生了悄然的变化。他们的约会渐渐不那么频繁，有时一个星期也见不了一面。陆臣似乎比以前忙了很多，但小蝶并不知道他在忙些什么。其实仔细想来，除了约会，他们几乎完全是生活在两个世界里的人。陆臣懂的东西，小蝶几乎全然不了解；而小蝶热衷的事物，陆臣并不感兴趣。小蝶有点痛苦地发现，或许这才是陆臣总是显得那么沉稳的原因——他只是与自己缺乏共同语言，无话可说而已。

小蝶已经记不清陆臣究竟是在哪一天从自己的生活中彻

底消失的。也许是刻意将其忘记了。她只记得陆臣的电话突然间处于没人接听的状态，无论什么时候打都只有忙音，无论清晨、中午还是午夜。她工作的饭店，陆臣也不再光顾，仿佛人间蒸发了一般。这一状况大约持续了两星期后，小蝶几近精神崩溃，整夜失眠，白天工作的时候也精神恍惚。她怀疑自己是在做梦，整个非洲就是一场梦，因为开始的时候那么美好，幻灭却仿佛只是一瞬间的事。她内心焦急万分，又不愿和身边的朋友说，只好自己默默承受。

直到有一天，餐馆的老板娘将魂不守舍的小蝶叫进了自己的办公室。小蝶有点黯然地想，也许自己是要被开除了吧。这段时间的糟糕状态连她自己都惊讶。曾经她是一个多么清爽干练的女孩——她当班的时候，餐厅最为秩序井然，她的英语也是所有中国服务员中说得最好的。可最近一个月，她时常头晕、耳鸣，总是听不清顾客说些什么。老板娘是一位在非洲立足多年的著名华商，在乌干达拥有庞大的家族产业帝国，且对普通员工非常和善。所有的中国服务员都是她从中国亲自招聘来的。她微笑着让小蝶坐在她办公桌对面的椅子上，还亲自给她倒了一杯来自福建的乌龙茶。这让小蝶受宠若惊的同时，更加惴惴不安。

"忘记陆臣吧。"老板娘轻声说，"他是有家室的。"

小蝶不敢相信自己的耳朵。她瞪大双眼，目光迷离地注视着面前这个与自己母亲年龄相仿的中年女人，嘴唇微微翕动，却一个字都说不出来。

"想哭就哭吧。"老板娘说。

小蝶一头扎在老板娘的腿上，嚎啕大哭，荒腔走板，好像不属于这个世界。

　　事实上，陆臣早在来非洲之前就已结婚生子，妻子和2岁的小女儿在深圳生活。从一开始，他就隐藏了自己真实的婚姻状况。用流行的语言来说，属于"隐婚者"。他对小蝶的追求，在道德的领域内，已经构成了欺骗。囿于种种限制，我们没有采访到陆臣本人，自然也无法得知他的真实想法。但正如前文所言，非洲华人圈拥有着极为特殊的环境，这导致正常的道德标准在这里变得模糊不清，违背常规道德标准的行为甚至在很大程度上得到人们的谅解和默许。小蝶的故事中，有相当一部分来自当事人之外的其他旅非华人的转述。我们专门留意转述者的口气和态度，发现尽管所有人都对小蝶的遭遇叹惋不已，却几乎没有人对陆臣的行为提出明确的批评。有些人甚至言语之间对他颇有些同情。或许很多人在陆臣身上看到了自己当年刚来非洲时的影子：寂寞、无奈、想要逃离却又无路可逃。这种感情的欺骗，其实是"生活所迫"，有着太多只可意会不可言传的苦涩。而相应的，天真、清纯的小蝶，却被隐隐认为"不适合非洲"，甚至不理解游戏规则、"玩不起"。

　　事情的缘由是这样的：尽管大家对婚外情这种事早已见惯不怪，消息却还是传到了国内陆臣妻子的耳朵里。她从单位请了假，买了飞往乌干达的机票，神兵天降一般出现在陆臣面前。陆臣既错愕，又措手不及，无计可施之下，只好选择了最不妥当的方式：假装失踪，让小蝶自己心灰意冷，直

寂寞的异乡人

至放弃。

　　小蝶的故事似乎到这里就该结束了。知道真相之后，小蝶反而不太难过了。她非常礼貌地感谢了老板娘——她的确像母亲一样给了自己很多宽慰——却也在三天后正式提出了辞职。对她来说，随着陆臣的消失，整个非洲及其代表的一切都已经破灭了。在自己浑然不觉的情况下竟扮演了第三者的角色，这是小蝶想都没想过的事，也是一辈子不愿再忆起的噩梦。她决定把这场梦封存在非洲，永远不再碰触。

　　坎帕拉依然是坎帕拉，人潮汹涌，道路泥泞，尘土飞扬，气候怡人。拖着沉重的行李箱的小蝶从未感觉自己这么卑微。来时如何，走时依旧如何，留下了伤心的眼泪，却没有带走什么。

有故事的老头*

张先生显然是我们采访过的最有故事的人。他已近古稀之年,却有比年轻人更加旺盛的精力。"我的秘诀是每天坚持游泳2000米,"他说,"很多年轻人都没我身体好!"

和李淼一样,采访张先生之前,我们便有"未见其人,先闻其声"的感觉,因为我们在乌干达采访过的每一位华商几乎都会热情地建议:"一定要去找老张聊聊,他是一个很有意思的人。"于是,张先生在我们心中成了个谜一样的人物,尚未见面,在我们的脑子里,便已储存了许多关于他的问题。比如,当年他为何突然离开加纳,身无分文来到乌干达?为何他会娶一个非洲女人并和她生儿育女?他为什么极少与其他华商同行打交道,亦很少加入任何商会?

其他华人对张先生的评价也是两极分化:一些人对他赞誉有加,称其为真正懂生意、会做买卖的商人;另一些人则或多或少暗示我们,"老张生活作风不太好"——这当然指的

---

* 张先生的故事信息全部来自张先生一人的口述。我们无法采访到其他当事人,只忠实转述张先生本人讲述的"版本"。

是他那位比他年轻二十几岁的非洲太太安娜。种种评价，为我们拼凑出了一个极为复杂的人物形象。他究竟是一个什么样的人？为什么同胞们对他有如此喜恶参半的评论？

我们原本和张先生约在他的摩托车店铺见面。他坚持如此，说是为了向我们展示他在乌干达多年的事业成果。但随后，他又打来电话，说地址难找，不如在市中心一家中国人开的饭店门外见，他再带我们过去。可当我们赶到了约定的地点，他又变了卦，说："不如我们就在这里吧，既舒适又安静。"于是，对这位老华商的采访，就在这家饭店的茶水间展开了。他留给我们的第一印象是：思维活跃，想法很多，也很善变，绝不像是70岁的老人。

另一件令我们多少有点错愕的事，是当被问及夫人安娜会否加入我们的交谈时，他愁眉苦脸地抱怨道："她现在是大忙人，哪有时间来接受采访？别说这个了，她现在连和我做爱的时间都没有。"这哪像是一位70岁的老头会说的话？

但事实由不得人不信。我们开始有点理解为什么很多人如此喜爱这个老头，而有些人提到他就皱眉头。在这样的开场方式中，我们看到了一种如此与众不同的气质。你无法说清它好或不好，却难以抗拒深掘下去的欲望。

张先生并未从头讲起他的故事。用他自己的话来说："很多事都记不清了……谁有工夫老记得那些？"但从他有意或无意间流露出的只言片语里，我们还是大概将他颇富传奇色彩的人生，做了比较清晰的梳理。

用张先生自己的话说，在台湾，他是"典型的主流人士"。少年时代，就读于名校彰化中学，后又以优异的成绩考入中央警察学校，毕业后顺理成章进入警界做文职，成了"吃皇粮"一族。警署的工作虽循环往复，却也总有新鲜的故事和案情为波澜不惊的生活增添刺激，使张先生不致苟安于惯例与程序。"当然，我明白自己终有一天会辞职，会走的。永远留在一个地方，不是我的性格。"他对我们说，右手下意识地摸了摸自己的光头，"鸟是不会被困在笼子里的，只要有机会，就一定会飞。"

在警局待到第三年，张先生终于"按捺不住"了。用他的话说："走到了一个巨大的路口前，有七八条道路可以选择……最稳妥的当然是老老实实待在警局，但那样的生活又最无味。"说到此处，他反问我们："你们对现在的生活满意吗？觉得自己这辈子就要这样过下去吗？"

最后，张先生选择了变化。他辞去工作，考入了政治大学行政管理系，开始攻读硕士学位，并尝试摸索着进入商界，做生意。那是上个世纪六七十年代，彼时的台湾正迎来经济发展最好的时代。一方面，美国等发达国家开始将劳动密集型产业向外迁移，台湾作为"盟友"自然成为亚太地区美国投资的最佳去处；另一方面，台湾当局制定的"十九点经改措施"和"奖励投资条例"等，全面拥抱自由经贸政策，通过降低关税、放宽进口、单一汇率等方式，将台湾迅速打造为一颗冉冉上升的繁荣之星。总而言之，台湾在这一时期从农业社会转变为工业社会，也由封闭经济体转变为开放经济体。一如改革开放之初的中国大陆——无数端着铁饭碗的人弃仕从商，张先生就是其中之一。

"我这个人最大的优点就是只相信事实，不相信直觉。"他说，"比如，我不会看什么赚钱就去做什么，我会找一些数据来看，横向纵向作对比，然后选择一个前景最好的产品。"在台湾制造业全面繁荣的20世纪60年代中期，张先生选择了一个略显沉闷的领域：摩托车出口。他用有限的资金开了一家小型贸易公司，借助宽松的贸易政策，开始了将台湾制造的摩托车艰难出口至东南亚国家的事业。也是在这段日子里，他认识了自己的结发妻子。他们早早踏入结婚的殿堂，并生下了一个儿子。

生意稳步发展，没有突飞猛进，却在不断前进。事实证明，选择摩托车贸易是十分正确的。东南亚的经济后发国家，对摩托车有着稳定的需求；而在当时的亚洲，几乎只有台湾有这样的生产能力。随着非洲民族独立运动的浪潮和独立后经济的发展，张先生渐渐将生意的"触角"伸到了那片神奇而陌生的土地。当然，他并未想过自己有一天会去非洲生活，并在那里扎根下来。欣欣向荣的事业和幸福美满的家庭，让张先生产生了"夫复何求"的幻想。"我们有句古话：'人无远虑，必有近忧。'于是我就成了温水中的青蛙。"——他很喜欢在交谈中使用各种生动的比喻。

转折发生于20世纪90年代初期。"好像一夜之间，我就失去了很多客户。厂商纷纷洗手不干，客户也比以前少了很多。"台湾经济进入了缓慢增长期。我们查阅了相关数据：1991年台湾出口贸易年增长率为13.3%，而1993年就降至

4.2%；中国大陆制造业迅速崛起，逐渐取代台湾的"世界工厂"地位。与此同时，台湾岛内公共投资的扩大却刺激了进口需求，台湾的贸易顺差逐年缩减，出口需求则愈发不景气。

那段时间张先生很郁闷。生意虽可勉力维持，但面对物价的上涨和成本的攀升，他无法抑止内心强烈的焦虑。儿子被送到美国读大学和研究生院，学费十分高昂；自己也近知天命之年，已绝难离开干了一辈子的行业。尤其令张先生失望的是，相濡以沫多年的妻子对自己的态度也发生了微妙的变化。两人之间开始有了争吵和矛盾，虽然最终大多能够化解，却也或多或少在婚姻生活中留下了裂痕。

最终，年轻时埋在心底的躁动的元素还是让张先生做出了改变的决定。这个决定是他过去50年的生命中想都没有想过的。当然，他也知道自己绝不会后悔。

到非洲去！

不知何处是他乡

老张来非洲的第一个落脚点是尼日利亚。这很好理解。尼日利亚是非洲大国,不但人口最多(达1.67亿),而且盛产石油。巨大的市场和丰裕的资源,使该国成为很多来非淘金者的首选。但同时,尼日利亚也是非洲政局最为纷乱的国家之一,其不大的国土上容纳了250多个部族,各方为争夺自然资源与国家的主导权而制造持续不断的冲突。从1960年独立开始,军事政变连绵不断,政治暗杀寻常可见,直至1998年时任军政府首脑的阿巴查(Sani Abacha)猝死,其继任者阿布巴卡尔(Abdulsalami Abubakar)将权力交予民选政府,社会运行方趋于平稳。

张先生于20世纪90年代初抵达尼日利亚时,正值尼日利亚政局最为混乱之际。虽有不少扎根于此的华商帮扶,但当权者施政粗暴、反复无常,令生意人毫无安全感。更有甚者,上至政府高官,下至基层办事员,皆索贿成风,用老张的话说:"税务局一个小小的出纳,就能像水蛭一样,吸干你。"

尼日利亚的另一个问题是尖锐的宗教冲突。不足2亿的人口，由基督教徒和穆斯林组成，两者的比例接近1:1，伊斯兰教略占优势。"势均力敌"的宗教团体与错综复杂的部族利益相结合，使国家政权之外的民间社会亦不太平。小规模的宗教极端组织策划的恐怖袭击时常发生，人口密集的大城市治安尤其糟糕。而生活于两大宗教夹缝中的亚洲生意人，难以在文化上博得当地人的认同感。

生意当然还是可以做的，毕竟这是一个如此庞大的新兴市场。但安全感的缺失，使已年过半百且孤身一人漂泊在他乡的老张无法安睡。"夜里时常惊醒，起身去检查大门有没有锁好。身边的朋友，三天两日，或被歹徒抢劫，或遭警察勒索，总之让人十分不安。"他说。他曾多次请求留在台湾的妻子前来与自己共同奋斗，但均被她以照料老人和家产为由拒绝。"那时候我就隐隐觉得她已经不爱我了，"他语气平淡地对我们说，"很多东西，在这么些年的颠沛流离中失去了，很可惜。"

如此惴惴不安的日子大约过了半年，老张还是选择了放弃。他变卖了在尼日利亚积累的一点产业，去了另一个国家。这次，他走了另一个极端，选择了一个无论在事实上还是在气质上均与尼日利亚截然相反的国家：冈比亚。"我被所谓的非洲大国吓怕了！"老张一边笑着说，一边连连摆手，"再也不要去大国，尼日利亚，南非，肯尼亚，都不去。"

事实上，如果不是为了写这本书而做功课，连我们都对这个位于西非的小国知之甚少。该国总面积只有1万余平方公里，是非洲大陆上最小的国家；人口仅100逾万，不及尼日利亚百分之一。尽管也有军政府独裁和频繁的政变，但毕竟国家很小，部族冲突极少，人们的宗教信仰也较为单一（超过95%人口为穆斯林）。当政者采取相当宽容的民族与宗教政策，社会大抵和顺平稳。但相应地，消费市场也极为狭小，几无成形的工商业基础。对于外商来说，动荡或许是风险成本的一部分，尚可在不危及人身安全时容忍；但无钱可赚，却是绝不能接受的。于是，短暂驻足后，老张只好再次启程。这回，他选择了一个不大不小的国家：加纳。

加纳在英国殖民统治时期，曾名"黄金海岸"，1957年3月6日在政治领袖夸梅·恩克鲁玛（Kwame Nkrumah）的带领下宣告独立，成为非洲殖民地中首个独立国家。国名"加纳"源自公元9—11世纪时曾统治撒哈拉沙漠以南的广大西非地区的加纳王国。该国资源丰富，人均收入高于西非平均水平，国土面积与中国广西相当，人口约2500万。尽管在军政府的统治下效率低下，但该国在20世纪90年代仍为全非洲经济结构比较合理的国家之一。实际上，该国的不少华商都由尼日利亚"逃难"而来，以在经济繁荣与社会稳定之间寻求平衡点。而最终，加纳也为这些人提供了相对安逸的空间，让这些他乡客扎根于此，休养生息。

老张在加纳总计生活了约十年。依然是做摩托车进口生意，但他将货物的源头从台湾转向了价格更具优势的广东一带的厂商。借中国和加纳两国经贸往来日益紧密的东风，老张的非洲生意逐渐红火。"这里的钱的确很好赚，只要你肯吃苦。"他说，"而我这个人最大的优点就是不怕苦。"

在大约五年的时间里，老张在加纳的主要城市均开了商铺，兼购地皮、建仓库，创造了在台湾不可企及的财富，成为当地华商中的佼佼者。与此同时，身在美国的儿子硕士毕业，进入华尔街一家大型投资公司工作，并娶妻生子。一切似乎都已尘埃落定。一个男人在年过半百后漂洋过海来到一个以前从未听说过的国家，又用极短的时间实现了人生的第二个事业的辉煌。这是很多人钦佩老张的重要原因。

老张本人则用三句中国的俗话来总结他成功的道理：

第一，"树挪死，人挪活"。一个地方待不下去了，没钱可赚了，你还赖在那里做什么？等着天上掉馅饼吗？做生意的男人，必须得折腾，不能图安逸。现在的小青年，以为非洲遍地是黄金，来了之后整天待在房间里睡大觉，能赚到钱才怪。第二，"早起的鸟儿有虫吃"。你早上6点起床，我就早上5点起床。一个地区的市场状况如何，我总是所有人中第一个亲临实地考察的。别人玩的，永远是我玩剩下的，我就永远走在行业的最前面。第三，"吃一堑，长一智"。要吸取经验和教训，不能一意孤行。我们比西方人强的一点，除了勤劳，就是脑袋活络，遇到问题想办法解决，解决不了就想办法回避，实在回避不了，就硬着头皮上，完了以后总结教训，避免再犯。

不过，老张也坦言："那时候我觉得自己太幸运了，甚至感觉有那么点不真实。虽然吃了不少苦，但终究苦尽甘来，什么都有了。这个时候，就有点头脑发昏，开始糊涂。不是老糊涂，是狂妄的糊涂。"

所谓"狂妄的糊涂"，老张是有明确所指的。事实上，这么一次"糊涂"几乎让他一夜之间失去了一切。

从头再来

老张对我们说，虽然中国式智慧让他数次在人生的低谷实现"反弹"，但性格中的一些"缺陷"始终阻碍着自己进一步的成功：一是"特立独行，不喜拉帮结派"；二是"始终想不通'在人屋檐下，不得不低头'的道理"。这样的缺陷，终于让他在临近花甲之年时，吃了人生最大的一亏。

事情其实并不复杂。老张的公司和一家本地企业发生了一点商业纠纷，这在很多国家本是稀松平常的事，但在很多非洲国家，情况要复杂得多。根据我们在其他受访者那里得到的信息，简单的官司往往演变得极为复杂，主要源于社会各行各业的深度腐败。

"还没怎样，办案的警察就来要钱了。那小警察也就20来岁，还没我儿子大。"老张回忆道，"而我的想法很简单。我在这里这么多年，雇用本地工人，交了所有该交的税，连市长都和我称兄道弟，为什么我要向你行贿？你有什么资格要我的钱？"即使时隔多年，谈及这段往事，老张语气依然有些激动。

不过，他很快发现，这只是一个开端。从纠纷发生那天起，几乎每一个与此事的处理有直接或间接关系的公职人员，纷纷前来索贿；而和他"称兄道弟"的市长，并没有为他提供任何帮助。倔强的老张，如他自己所言，或出于"狂妄的糊涂"，或不愿"低头"，而采取了极为强硬的对抗态度。同时，还有一件令他心寒的事：加纳的其他华商也并未对他施以任何援手。"因为我比他们成功，平时也不与他们打交道，所以我遇上麻烦，他们大多幸灾乐祸。"

总之，由于老张的倔强，坚持不按其他中国人"大事化小，小事化了"的"既定思路"行事，在处理这起商业纠纷的过程中，"把能得罪的人都给得罪了"，尤其是警局和海关。到后来，警局的人三天两头来店里骚扰，找各种借口开出罚单，而老张态度始终强硬。他并非不了解非洲人的特点，但骨子里的倔强让他不愿为自己没有做错的事"花钱消灾"。直到与当地警长的关系已经恶劣到自己动不动就被传唤到警局里去关一夜，第二天早上再放出来的程度，老张明白这里已非久留之地。

"难道没有什么地方可以投诉他们吗？"我们问。老张闻言笑了："投诉？开玩笑。从上到下都是一个样，根本不会有人理睬你，除非你塞钱给他们。"

这里大约需要补充一些背景知识。整个20世纪80年代，非洲出现了严重的经济衰退，被称为"失落的十年"。撒哈拉沙漠以南的绝大多数国家，都与刚刚独立时一样贫困，甚至更为糟糕。外债繁重兼执政不力，使非洲各国的公共服务系统陷入全面瘫痪；各级政府职能部门不断萎缩，亦在很大程度上影响了公职人员的道德水准。成千上万高素质公务员辞去公职，留在政府中的多为期望从中捞取好处的投机者。英国记者马丁·梅雷迪斯（Martin Meredith）曾提供如下数据：从1969年到1985年，坦桑尼亚公职人员的实际购买能力下降了90%多；另有约10万非洲高素质专业人才前往海外谋生，非洲国家文官队伍普遍严重缺员，不但腐败盛行、道德颓堕，而且行政能力极为低下。尼日利亚政治学学者克劳德·阿克（Claude Ake）就曾如是评价20世纪90年代的非洲社会：公职人员和普通百姓"视国家如同一支敌军，只要条件允许，或躲避，或诱骗，或击垮……总之要尽可能为自己谋利"。

导致腐败的另一个原因，是权力的垄断与绝对化。独立后的非洲各国，以"出产"政治强人和军事独裁者而著称。至20世纪80年代末，在一百五十余位登上各国元首宝座的非洲政治家中，只有六位曾自动放弃权力，其他人都成了名副其实的独裁者，或死于在位期间，或被各色政变推翻；而这甘愿让贤的六人，也均在位长达20年以上。

1990年，联合国开发计划署的一项调查表明，坐拥包括石油在内的丰富自然资源的大国尼日利亚，居然是全世界最贫困的国家之一；在1991年世界银行发布的一项报告中，尼日利亚位列全球最贫穷国家第14位，这与统治者的穷凶极奢且无所顾忌关系密切。1985年上台的军事统治者易卜拉欣·巴班吉达（Ibrahim Babangida）通过政变夺取国家政权，并骇人听闻地以国家元首的身份建立了独立于国家系统的私人贸易网。海湾战争爆发后，国际油价暴涨，这给尼日利亚带来了约50亿美元的额外收入，但其中有大约21亿美元通过某些由元首操纵的"献金账户"而流入统治精英的腰包。据1994年世界银行的一份官方报告估算，从1988年到1993年，大约有122亿美元通过各种走私或其他交易渠道变为巴班吉达及其亲信的私人财产。

经济衰退带来的道德沦丧，以及强人政治导致的社会不公，成为20世纪80—90年代撒哈拉以南非洲诸国"全方面"腐败现象的根源。美国记者布莱茵·哈登（Blaine Harden）曾生动描绘东非大国肯尼亚的腐败状况："地区专员们照例会从捐助国投资修建的防蚀水坝项目偷窃水泥。法院检察官照例要索取贿赂，才会同意保释。机动车管理所所长向所有申办卡车执照的人索要财物，既有钱又有势……'既然能买通法官，又何必花钱雇律师'成了肯尼亚的一句谚语。"此外，还有一项调查表明，在肯尼亚，贿赂金额根据不同级别的法官而不同：上诉法院法官需要多达19万美元，高等法院法官要2万美元，地方法官则要2000美元，"摆平"一桩谋杀案只要区区500美元，而"搞定"一桩强奸案往往只需花费500美元。在监狱里，至少有20%的囚犯是冤枉的，因为他们没有钱去贿赂。

老张是有钱的，但他不愿意把辛苦赚来的钱送给不相干的人。"直到现在，我也还是如此。"他对我们说。不过这话听上去有些言不由衷，因为他如今娶了一位本地太太，负责打理各方关系,他本人不必亲自去行贿。基本上,在非洲做生意,不向有关部门行贿,多半一事无成。

究竟是如何与警局妥协与谈判的,老张并没有对我们细讲。不过,最后的解决方式是:老张离开加纳,到另一个国家去——实际上,就是遭到了驱逐。其实,不走也不行,因为那里的生意已经没法做了。他默然接受了这个事实。不过,他并没有像当年离开尼日利亚时那样破釜沉舟。毕竟,在加纳打拼了近十年,不但生意做得很大,连不动产(土地、房产、仓库)也积累了很多。如果在短时间内变卖,将蒙受巨大的损失。这时,老张想起了远在台北的发妻。这些年来,他们聚少离多。尽管她始终不愿离开台湾到非洲生活,但在患难之际,老张还是觉得唯有她可以信任。

"你过来吧,接手加纳的生意,慢慢过渡一下;等我在别的国家避过风头,再回来。"他在一通深夜的越洋电话中对妻子说。

三天之后,妻子风尘仆仆地降落在克托卡国际机场。五天之后,老张匆匆离开加纳,前往乌干达。到达坎帕拉的时候,他口袋里揣着3000美元的现金,除此之外,一无所有。而那一年,他已经58岁了。

情定乌干达

如今,老张在谈及他刚到乌干达时的遭遇,语气已相当舒缓。据他说,这是最近几年的幸福生活带来的影响。曾几何时,提起那段不堪回首的岁月,他便难以压抑愤懑的情绪,甚至会一改斯文的风格,说起脏话。如今,一切都变成了隐匿在岁月中的淡淡的背景图像,对人讲述的时候,也可以做到心如止水了。"但是,能做到这一点其实并不容易。"他坦言。

离开加纳时,老张曾与妻子约定好:自己去乌干达寻找新的商机,妻子在加纳维持家族生意,待时机成熟,再作新的打算。那个时候,老张的人生词典中并无"抛弃"或"背叛"这样的字眼。他如此信赖多年婚姻带给自己的安全感,以至于离开加纳时,他只随身携带了3000美元的现金。"我对我老婆说,钱带多了不安全,等我安顿下来,她再汇钱给我。"老张说。但到了坎帕拉,妻子的电话就打不通了。不光如此,公司的所有电话,都处于无人接听的状态。

老张开始害怕。起初,他担心妻子和自己一样受到了当地警局的欺负,便想尽办法通过其他去加纳出差的熟人打听情况。但传来的消息,让他恐惧,更令他心寒:妻子正在以最快的速度变卖家族产业,并计划带着现金离开非洲。这一切都令他难以置信。难道与自己相濡以沫多年的结发妻子,就这样遗弃了自己吗?当时的老张暂住在坎帕拉的一个小旅店,四处走访当地的华商,寻求合作的机会,并没有收入。随身携带的3000美元,并不能维持很久。

"我那时已经对婚姻不抱希望,只希望她能看在多年夫妻情分,给我寄来几万块钱,让我能够勉强活下去,开始新的生活。但她连这个机会都不给我。卖光了我的仓库和土地,卖光了我的厂房,解雇了所有的工人,她带着钱离开了加纳,回到台湾去了,一分都没给我留下。也许她认为这算是这些年来我没有陪在她身边的'青春损失费'吧。"老张苦笑着说。"没有想过回台湾去找她?"我们问。"见到了又能怎样呢?不外是撕破脸皮,大吵一架,然后打官司,分财产。人情淡薄至此,就随她去吧。"老张答。

刚到乌干达那一年,或许是老张一生中最为晦暗的岁月。那时他已年届花甲,同龄人早到了安享天伦之乐的年纪,而他却遭到了结发妻子的遗弃,几乎身无分文。"最狼狈的时候,身上只剩60美元,出门还被狗咬了。"他笑着对我们说。不过,放弃并不是老张的风格。正如他开玩笑说的:"我就像邓小平一样,三起三落。"

经多方周折,老张从过去的朋友那里借了些钱,在坎帕拉重新开了个店。所幸的是,早年在中国大陆和台湾积累的很多社会关系依然存在,且因老张做生意踏实厚道,旧相识们大多愿意助他东山再起。无奈举债经营,资金捉襟见肘,老张无法大规模招工,只雇用了一个乌干达本国人,是一位名叫安娜的年轻女人,30岁出头。最后,她成了老张的第二任太太,为他生了两个很漂亮的小孩。

"娶安娜为妻面临着很大的压力吧?"我们问他。他笑着答:"如果是在30年前,也许会有来自方方面面的压力,家庭的,社会的。可是与安娜结婚的时候,我已经60岁了。人活到这个份上,只有自己才能给自己压力,别人是没有资格的了。"

事实是,老张在乌干达的新公司几乎全靠聪明能干的安娜来维持。一方面,她陪他深入乌干达内陆腹地,走遍了大大小小的城镇和村落,考察市场、发掘不同产品的潜力;另一方面,她利用自己本地人的身份优势,在与各级职能部门打交道的过程中游刃有余,没有让老张吃过一点亏。不到三年,老张的新公司已是全乌干达数得上的进出口贸易企业,雇用了数十位中、非员工。而安娜一直留在老张身边,尽管身份已经从助手变成了公司的总经理。

"不过,那时候我没想过要和她结婚,"老张说,"并不是因为她是非洲人,怕其他中国人议论,我才不在乎别人怎么议论我。是因为我和她年纪相差太大,将近30岁,我总觉得跟一个老头子结婚,太委屈她了。"当然,还有一个原因,老张当时并未直接对我们说,而是后来通过较为隐晦的方式暗示了我们:他终究惦记着有一天能落叶归根,尽管那一天会不会到来、什么时候到来,自己完全没有想过。

　　因此,那时老张虽然已和安娜同居,却还是坚信安娜有一天会离开自己,和一个与她年龄相当的男人结婚的。他甚至多次与安娜"谈判":支持她离开自己,与别的男人相爱、结合,而且自己会送她一部分公司的股份作为"嫁妆"。但安娜对此始终不置可否,依旧一如既往地工作,并照顾老张的身体。老张明白安娜的心意,却始终无法下定决心。

　　事情的改变,源自老张儿子的婚礼。在华尔街工作的儿子娶了一位漂亮的美国太太,并在巴巴多斯举行婚礼,邀请身在乌干达的父亲去参加。在确信前妻不会出席后,老张动身了。在飞机上,紧挨着老张坐着一个二十来岁的年轻人,从容貌看,是白种人与黑种人的混血。"那孩子长得真漂亮!"老张对我们说,"面孔精致,双眼充满了朝气和智慧。"老张与之闲聊,得知其父是二十多年前来津巴布韦做生意的德国人,其母则是津巴布韦本国人。"那孩子对我讲起他父母的爱情时,语气中满是自豪感,他说他父母的结合是一个传奇。于是,我心里想,如果很多年以后,我和安娜的孩子也能如此骄傲地对人说我和安娜的结合也是传奇,那感觉实在是太棒了!"

　　在巴巴多斯,老张买了一枚极奢华的婚戒,并在返回乌干达之后,向安娜求婚。一如往日的沉静与恬淡,安娜微笑着答应,没有特别的兴奋,自然也没有喜极而泣,而老张却从未觉得如此幸福。安娜把戒指戴在左手的无名指上,两人去市政厅注册结婚,没有请客,也没有通知各自的家人,依旧像平常那样过忙忙碌碌的日子：工作、经营、生活。没过多久，老张加入了乌干达国籍，这意味着他放弃了中国传统中的"落叶归根"和"衣锦还乡"。又没过多久，他们的第一个孩子出生了，是个男孩，果然很漂亮，有亚洲人的细腻肌肤和非洲人的强健体魄。用老张的话说："这样的孩子来延续我们的传奇，再合适不过。"

故事讲到这里，似乎也该结束了。说实话，因为没有其他信源佐证，我们也不知老张口中自己的人生经历中，有多少是真实可信的，又有多少是为了所谓"传奇"而夸大，甚至杜撰的。但不知为何，这个可爱的老头就是令人忍不住要去喜爱和信任。何况，面对这样一个既跌宕起伏又多少有些凄美的故事时，细节的准确性仿佛不那么重要了。正如当老张满怀深情地对我们称赞他的妻子，用尽了"善良、谦恭、内敛、勤奋、无私"这样的溢美之词，我们除了感动于这段来之不易的跨越国界、种族和年龄的忘年恋，还能有什么其他的想法呢？

因为寂寞

寂寞，是几乎每一个旅居于这片土地之上的中国人都会用来形容自己的一个词。其实，我们多方走访听来的故事，远不止上面讲的这些。选择李淼、小蝶与张先生三个"典型"，是因其最具统计学意义上的代表性。任何一本书，无论多么事无巨细，总不能将世间万象写得一清二楚，故只能"去芜存菁"，留下有代表性的，忍痛略去其他。生活在非洲的李淼、小蝶与张先生，无疑都是寂寞的，无论身体上还是精神上。非洲带给他们的，除了机遇与可能性，还有着不足为外人道的挫败感。一如李淼对我们说的："甭管有多少钱，身边没个温柔体贴的媳妇，总觉得有点失败。"

为了应对和解决这样的寂寞，三位受访者分别选择了不同的方式：回国相亲、与同在非洲的同胞恋爱，以及与非洲本地人结婚。从结果来看，小蝶是悲剧，老张是喜剧，而李淼的未来是悲是喜，仍无法看清。不过这就是身在非洲的中国人为寂寞付出的代价，或大费周章，或伤心欲绝，或踯躅往复。相同的是，他们都付出了比在自己的国家里更为艰辛的努力，才得到了一个或差强人意，或干脆连差强人意都无法达到的结果。

而更多的人会选择更加直接，也更加危险的方式，比如购买性服务。因光顾"按摩院"而不幸染上艾滋病的人，简直比比皆是；而在这些地方提供服务的女性，也大多从中国来，只接待自己的同胞。提到这些"倒霉"的同胞，人们的语气往往既同情，又多少带着些鄙夷，前者乃人之常情，后者则是文化习惯使然。这也在一定程度上印证了本书的基本观点：中国人融入非洲的过程之艰难，其实源于根深蒂固的文化冲突。即使面临基本欲求受到强烈抑制的局面，也往往不愿放下心中的芥蒂与偏见。

从我们对旅非中国人的访谈中，可以清晰地感觉到他们在情感上对非洲人的难以掩饰的抵触。这一方面是因为双方在过去十年的短暂交往中，积累了太多的矛盾和误解；另一方面，也源于中国文化骨子里的保守与排外。一个显著的例子是，即便出于寂寞而去光顾色情场所的中国男性，也基本不会选择非洲本地的妓女。对中国男性而言，与非洲女性结合仿佛是一种文化上的羞愧，就算自己心里没有什么障碍，也多半不愿被其他人知道。至于与非洲男性结合的中国女性，更会身处舆论的漩涡。例如，一位十年前从中国来乌干达的中国女人被丈夫遗弃后，嫁给了一位非洲本地男士，尽管这位男士受过良好的教育，做一份高薪的工作并广受尊敬，这个中国女人依然是华人圈茶余饭后不无恶意的谈资。当然，这种恶意并不带有攻击性，而纯粹出于某种看客心态,通过消费他人冲破文化樊篱而获得的"不幸"(其实完全是臆想中的),来为自己"因保守而安全"的现状寻求合理性。所以,老张就曾不无反讽地对我说:"别看那些人在背后议论我,但其实他们心里都很羡慕我的,因为我比他们更有勇气。"

当然,还有另一个更为深刻,或许也更不宜公开讨论的原因,也左右着人们的选择。我们知道,所谓的"后殖民",意味着尽管军事占领和政治压迫在全球范围内已不复大规模存在,但某些思维方式却牢固地植入了殖民主义时代之后的人们的心中,比如种族主义。对有些中国人来说,与白种人结合,几乎是有点"扬眉吐气"意味的光荣;而与黑种人结合,则多半有"自降身价"的意味。尽管用肤色区分人类的三六九等早已在科学与伦理上遭到彻底的清算,但无法否认想在短期内涤除人脑中的固有概念,就算不是绝无可能,也一定极为困难。

很多中国人谈论起非洲人时,语气之粗鄙、言辞之冒犯,仿佛这种偏见不但难以避免,甚至可以理直气壮。于是,事情仿佛陷入了一个很有强迫症色彩的局面:宁愿忍受难耐的寂寞,也不愿融入本地的文化;宁愿触犯道德的禁忌,也绝不肯放下想象中的"上等人"的身段,去真正地感受和热爱这片土地及其人民。

不过,我们也明白,更多的选择是一种集体无意识,尽管带来了令人忧虑的结果,却无碍这里的中国人大多勤劳、聪慧、善良。他们尝试通过逃离文化母体的方式来争取更多的自由——身体的，精神的，灵魂的——但当他们真的如愿以偿，身处无拘无束的陌生大陆时，却发现，得以维系自己的身份并令自己拥有安全感的，依然是他们一直渴望逃离的母文化。我们在走访中发现，生活在非洲的中国人往往比他们在国内时更传统、更"中国"。他们组建各种民间组织，充实道教、佛教等宗教信仰，而且往往拥有极为强烈的民族主义情绪。他们基本不到中国餐馆之外的地方吃饭，包括西餐馆和非洲本地餐馆。保守的文化传统对他们而言，更像一种刻意的选择，他们通过这一选择来明确自己在这个陌生的土地上相对孤立却不无优越感的存在。

笔者回到中国后，还与曾经的采访对象保持着联系。有一天，一位在非洲生活了四年的女孩发了首歌过来，是李宗盛写的《因为寂寞》。

"觉得有什么事无法解释时，就听这首歌，"她说，"在这里，很多事根本就是没有道理的。"

这首歌的歌词是这样的：

> 会爱上我因为你寂寞
> 虽然你从来不说
> 你不说我也会懂
> 其实会爱上你
> 也是因为我寂寞
> 因为受不住冷落
> 空虚的时候好有个寄托
> 虽然总是被人们围绕着

在曲终人散以后
会想念你的细心温柔
原谅我不能承诺什么
我会爱你只是因为
因为寂寞
抱歉我不能承诺什么
是否要一起生活
还是有一个我们的窝
不要你为我承诺什么
我会爱你
你会爱我
只是因为寂寞
会爱上你因为我寂寞
虽然我从来不说
我不说你也会懂而且
感情的事你我都脆弱
谈到未来的生活
我们对自己都没有把握
请不要对我承诺什么
是否要一起生活
还是要一个我们的窝
你不必对我承诺什么
我会爱你
你会爱我

只是因为寂寞

也许真的只有真正在那里生活过,才懂寂寞的滋味。内罗毕、拉各斯、开普敦、坎帕拉,莫不如是。

无法回避的选择

　　中国文化并未成为丰富非洲文化的一道外来的佐料,却多少有点无奈地被纳入了一种二元对立的话语结构之中。中国人出现之前,非洲本土文化和西方殖民者存留下来的文化已形成独具非洲特色的某种"混血文化",但中国的出现,打破了这种稳定的平衡。

一个视频引发的争议

2012年3月5日,一个名为《科尼2012》(*Kony 2012*)、长达30分钟的视频借助YouTube、Twitter、Facebook等社交媒体疯传至全世界,创造了新媒体时代的一个不大不小的奇迹,也让一个默默无闻的东非内陆小国变成街知巷闻的舆论焦点。这个国家名叫乌干达。

《科尼2012》由缘起于美国西海岸城市圣迭戈的非营利组织"隐形儿童"(Invisible Children)制作并传播。该组织自2004年成立以来,一直致力于阻止反政府武装圣灵抵抗军(Lord's Resistance Army)的一系列针对儿童的绑架和虐待活动。这支恶名昭彰的反政府武装源起于乌干达,2006年被赶出国境后,在领袖约瑟夫·科尼(Joseph Kony)的带领下,始终活跃于刚果民主共和国、中非共和国和南苏丹等非洲国家的偏远地区,不断劫持数万幼童充当士兵或性奴,甚至残害他们的身体或逼迫他们枪杀自己的父母,并制造纷繁的战乱,导致数以千计平民死亡。隐形儿童组织在西方世界广泛活动,通过多种方式呼请美国政府和联合国武力介入,并最终成功促使美国国会通过了《解除圣灵抵抗军武装与北乌干达复兴法案》。在该法案的支持下，100名全副武装的美国士兵以军事顾问的身份奔赴乌干达，协助当地政府追踪、打击圣灵抵抗军，并尝试捉住约瑟夫·科尼，却始终未获成功。为报复多国政府军的联合打击，圣灵抵抗军反而加大了袭击平民的力度。联合国提供的数据显示，从2008年9月到2009年6月，科尼的军队的行动仅在刚果（金）就造成了至少1200人死亡，23万人流离失所，1400人被绑架，其中包括600名儿童和400名妇女。直到现在，约瑟夫·科尼仍逍遥法外。

从传播的角度看，短片《科尼2012》的手段相当高明。该片一反宣传片惯有的生硬姿态和宣教语气，采用了更加令人动容的私人叙事的视角：隐形儿童组织创始人和负责人杰森·拉塞尔（Jason Russell）携自己5岁的儿子及一位乌干达男孩雅各布出演短片，从儿童的视角出发，非常巧妙地将诉求点作用于受众普遍的同情心，而没有试图讲述任何生涩的道理。在影片的末尾，制作者呼吁全世界的人行动起来，"让科尼出名"（Make Joseph Kony Famous），使他更容易被捉到。根据视频，人们可以选择每月为隐形儿童组织捐款，或签署誓约以示支持，哪怕只是轻点鼠标转发视频，也受到鼓励。从3月5日到3月19日，该视频仅在YouTube上就被播放了超过8000万次。

《科尼2012》的巨大影响力，使名不见经传的非洲小国乌干达瞬间被置于国际聚光灯之下，在此之前，非洲之外的很多人对乌干达几乎全无了解。那么，《科尼2012》究竟建构了一种怎样的乌干达的形象？乌干达人又对其持何种观点呢？我们调研得到的种种事实和观点，不但出人意料，而且引人深思。

乌干达北部的利拉地区（Lira）曾是约瑟夫·科尼活动的热点地区，这里有不少居民多年前曾是圣灵抵抗军的受害者。《科尼2012》视频红遍全球没多久，一个名为"非洲青年倡议"（African Youth Initiative Network）的非政府组织专门在利拉地区公开放映了该视频。然而，现场观众的反应却大大出乎组织者当初的设想。该组织的负责人维克多·奥尚（Victor Ochen）这样向笔者描述影片放映的现场：民众情绪很快陷入不稳定，现场秩序变得十分混乱，很多人没有看完就愤然离场，埋怨、斥责乃至抗议的声音此起彼伏，一度盖过视频本身，还有人愤怒地向银幕丢掷石块……一位多年前在圣灵抵抗军的行动中失去亲人的观众称这个短片让他回忆起一生中最可怕的噩梦，"作为一名失去了兄弟的亲历者，当我看到这段视频时，感到极度悲伤，以至于无法坚持看完"。由于担心继续播放影片引发骚乱，该组织于3月14日终止了放映计划。

在被问及当初为何要在利拉地区放映该视频时，奥尚说："这段视频在短短几天之内被浏览了几千万次，足见影响力之大。但饱尝战争之苦的乌干达北部人民（由于缺乏使用互联网的条件）没有机会看到。如果真正的受害者缺席，《科尼2012》就无法代表全世界人民的真实意愿。"在奥尚看来，用一个风靡全球的视频来"让科尼出名"，呼吁人们佩戴刻着科尼头像的装饰品、身穿印有科尼头像的T恤衫，无异于强行揭开北乌干达人民尚未愈合的伤疤。"让全世界人民穿着印有对我们造成伤害的那个人画像的T恤，这一行为我们真的无法接受。'9·11'事件之后，在华盛顿或者纽约没有人穿着印有本·拉登头像的T恤。如果这个视频是关于我们乌干达的，那么让视频的制作者，让全世界的兄弟姐妹来听听我们的声音和感受，从而理解我们。"

除民间的愤怒外，乌干达官方的反应同样强烈。乌干达总理阿玛玛·姆巴巴齐（Amama Mbabazi）在接受采访时说："尽管《科尼2012》的制作者是出于善意，但这种善意也有另一面。约瑟夫·科尼的确是个十恶不赦之徒，他的存在给这个国家带来了巨大的灾难和创伤……但我要强调的是，乌干达人民真的不需要一个传遍YouTube的视频来吸引我们注意。多年来，我们一直在努力平复这一创伤，其艰难也许远远超过世人预想……无论初衷如何，《科尼2012》都没有说清一个事实：从2006年开始，约瑟夫·科尼便已经被我们赶出乌干达了。"

"但是，毕竟这个视频让乌干达出了名啊。"笔者说。

"乌干达不需要以这种方式吸引人注意，"姆巴巴齐坦率地说，"乌干达更需要国际社会支持我们的政府战后重建的努力。当有一天，非洲的苦难不再是少数西方人的'噱头卖点'时，这片大陆才会获得真正的帮助和尊重。"

在我们于乌干达首都坎帕拉组织的小型媒体从业者研讨会上，《科尼2012》既是重要议题，也是讨论的焦点。应邀来参会的媒体从业者全系土生土长的乌干达人，如今则分别供职于多家国际级媒体——路透社、法新社、英国广播公司，以及新华社。他们来自不同的地区、出身于不同的家庭，拥有不同的价值与政治倾向，但他们对《科尼2012》的看法，却是高度一致的。例如，来自路透社的贾斯汀·德雷拉奇（Justin Dralaze）将这个拥有海量受众的视频称为"一种巧妙的操纵"（crafty manipulation），其主要目的则是为"隐形儿童"组织筹钱。"他们筹到了很多钱，但并没有交给深受科尼之害的乌干达人，不是吗？"

同为路透社记者的爱德华·艾奇瓦卢则非常认真地观察过西方媒体在《科尼2012》走红后对乌干达的报道，他发现了一个相当反常却也至关重要的现象：很多西方记者在文章中称乌干达为"中部非洲国家"，而乌干达实际上位于东非。"这很重要，"他对我们说，"中部非洲是人人皆知的战乱地区，而东非则代表着稳定与发展。将乌干达'错划'到中部非洲，对于乌干达国际形象的营造，非常重要。"更有不少来自西方的独立摄影师涌入乌干达北部，拍摄圣灵抵抗军活动的照片，"基本都是伪造的，因为圣灵抵抗军和约瑟夫·科尼早已不在乌干达境内了"。

当一个国家承受的苦难已经渐行渐远，是否还有必要借助新媒体的强大力量，使之以更加娓娓生动的方式，重新昭示天下？

不过，有很多事情是没有道理可讲的。如前文提到过的罗纳德·赛坎迪所言："虽然《科尼2012》伴随着很多不可告人的目的和谎言,但像乌干达这样的非洲小国要想得到世界的关注,也只能借助这样的负面事件,实在很无奈。"就在我们于乌干达为本书的写作而调研和采访期间,该国西部出现埃博拉病毒疫情,导致14人死亡。此后,西方主流媒体记者纷纷涌入坎帕拉,报道这一重大公共卫生事件。在具有国际影响力的电视媒体如CNN、BBC和半岛台上,该病毒的高传播率和致死率被相关领域的专家广泛讨论。而这,成了乌干达"出名"的另一个"机会"。当笔者在肯尼亚采访时,有位来自罗马尼亚的受访对象问我们此前去过哪些非洲国家,当我们说出"乌干达"的时候,可以清晰地看到对方的表情发生了微小的变化。"乌干达……我知道,那里刚刚爆发了埃博拉病毒,"她说,身体下意识后移了一点点,"但是,我相信你们是健康的。"

《科尼2012》热度渐退后,西方知识界也慢慢走出"激动期",开始了对整个事件的反思。他们用"懒汉行动主义"(slacktivism)一词来描述"隐形儿童"采取的策略:用最简单的手段去呈现一个极其复杂的事件,让受众在看视频、点鼠标和发微博的虚拟网络行为中获取某种幻觉般的、简单粗暴的满足感,对真正推动事件的解决却于事无补。美国克拉克大学(Clark University)教授米凯拉·鲁特罗—洛兰(Mikaela Luttrell-Rowland)认为,《科尼2012》"不负责任地刺激人们的情感,将错综复杂的历史呈现为非黑即白的信息,并且用鼓励人们消费的方式筹款,而非更加专业的教育。"非洲问题研究专家艾利克斯·德·瓦尔(Alex de Waal)则认为,

《科尼2012》将约瑟夫·科尼"打造"为全球名人的策略"愚蠢透顶",因为名气只能让他得到来自其他恐怖组织的更多援助和支持。

其实,暂且不论"隐形儿童"组织采取的策略是否合理,是否源于其他更为自私的考虑,至少从事实呈现的专业主义角度看(《科尼2012》显然将自己的属性界定为纪录片而非电影),也存在着巨大的缺陷:第一,约瑟夫·科尼的追随者如今只剩百余人,影响力已相当微弱,但视频却给人留下了圣灵抵抗军依然十分强大的虚假印象;第二,早在2006年,圣灵抵抗军即已被赶出乌干达,而视频则使人误以为约瑟夫·科尼依然在乌干达活动。这些误解,对于乌干达的国际形象造成了极为消极的影响。"人们会认为乌干达是一个混乱、危险、战争频仍的国家,而实际上,乌干达的政局是东非地区最稳定的。人们以前从未听说过这个国家,如今总算知道了它的存在,却绝不会在这里投资,或来此旅游。"供职于乌干达广播公司的记者艾曼纽尔·穆泰兹布瓦有点无奈地说。

尽管大规模的军事占领和资源掠夺在全球范围内已不再常见,但西方殖民主义的影响,在这片既古老又新潮的大陆上,始终未曾完全消退。

瓜分非洲

我们今日所知的几乎所有非洲国家，都是欧洲列强在19世纪末人为制造出来的。在欧洲人到来之前，非洲的内陆地区对外面的世界而言是神秘而危险的处女地。最早踏足非洲的，是来自葡萄牙的探险家。他们在中世纪晚期的大航海时代开始于非洲大陆的一些沿海地区建立商站、城堡与港口。不过这些最早来非洲掘金的欧洲人对广袤的内陆地区既缺乏了解，也不感兴趣，他们只是将非洲视作前往东方的中转站。

欧洲人对非洲内陆的兴趣，产生于18世纪末。至1835年，地理科学的发展使欧洲人得以精确绘制西北非的地图，这使探险家们产生了更进一步的欲望。19世纪中期，欧洲两位著名的探险家——大卫·利文斯通（David Livingstone）和亨利·莫顿·斯坦利（Henry Morton Stanley）展开了对非洲内陆的探索。他们的追随者为数甚众。在绘制非洲内陆地图，探索尼罗河、尼日尔河、刚果河等著名河流的源头和流域范围的同时，他们也惊喜地发现了非洲大陆蕴藏着的巨大自然资源。这些科学发现，最终导致了大规模、全方位的殖民主义。

相较美洲、亚洲长达几个世纪的漫长殖民史，西欧列强瓜分非洲的步伐十分迅速。迟至19世纪70年代，欧洲国家只控制着非洲大陆不到10%的土地，且绝大多数位于沿海地区，彼此隔绝，如葡萄牙人治下的安哥拉和莫桑比克，以及法国人治下的阿尔及利亚。但及至1914年，整个非洲大陆只余三个在名义上保持着独立的国家：埃塞俄比亚、利比里亚，以及索马里半岛的内陆小国德尔维什（Dervish State）。

欧洲列强在瓜分非洲的时候，采用的是今天看来非常荒唐的"画地图"的方式。在柏林、巴黎和伦敦举行的各种国际会议上，欧洲的政治家和外交家为争夺自己在非洲的利益而展开激烈的争吵时，他们对非洲的了解几乎是一片空白。为划定各自的势力范围，列强的谈判代表们就在地图上用铅笔画出一道道的直线，根本未曾考虑这片大陆既有的社会形态和文化传统。这种简单粗暴的瓜分方式，在非洲各国后来的民族主义运动中埋下了深层危机的种子。原本错综复杂的非洲大陆，就这样被认为划定的疆界分裂为几十个"现代国家"。这些国家的疆界，有近半数是几何线条、经纬度线以及其他形式的直线或弧线。著名记者、非洲问题专家马丁·梅雷迪斯的调查显示，非洲固有的社会文化形态被生生撕裂，新诞生的国家几乎全为人工"捏造"，如巴刚果族生活的领土分裂为比属刚果、法属刚果和葡属安哥拉，索马里兰被英国、意大利和法国瓜分，新国家尼日利亚包括多达250个民族群落，仅比属刚果境内就包含了600个酋长国。更有甚者，一些在历史上始终处于敌对状态的民族,竟因土地侵占的便利之需而被强行并入同一个国家,比如"宿敌"布甘达和布尼奥罗,就共同构成了现代乌干达。一些地域较广的国家,因包含了穆斯林和非穆斯林民族而种下宗教冲突和内战、分裂的隐患,如苏丹。

总而言之,欧洲人在地图上的勾勾画画,为自己的利益分配提供了便利,却使现代非洲各国陷入了文化体系的混乱:形态各异、互不隶属甚至相互敌对的民族和群落被粗暴地捏合为一个个所谓的"民族国家",而莫名其妙拥有了这些国家国民身份的非洲土著居民几乎完全不具备现代民族国家赖以生存的"认同感"。

我们几乎可以认为殖民者到来之前的非洲社会是一幅色彩斑斓的拼贴画,拥有不同文化根基的族群、部落、酋长国、王国乃至帝国交相辉映,变幻莫测,时而交融、时而冲突,虽矛盾不断,却也大体上相安无事,平稳前行。然而,殖民者到来之后,出于统治便利的需要,派遣大量人类学家和行政官员,对他们眼中的"非洲人"做了细致的分类:划分各个部族、制定民族语言规范、为疆域分区。今天看来,这些分类虽不无道理,却带有显著的强权色彩。一些规模较小、人数较少的民族被生硬地归入较大的民族,失去了自己独立的民族文化;一些新的部族在新国家的疆界划分过程中诞生,比如肯尼亚西部的阿巴路亚族(Abaluyia)和卡伦金族(Kalenjin)就由毗邻的几个零散的人群拼凑而成。而欧洲的统治者,又往往将殖民地政权的维持倚重于某些部族,使之充当自己的代理人，这就在不同部族的人民之间制造了冲突。

  我们无法妄议非洲各国在现代世界秩序里面临的种种挫折在多大程度上源于西欧列强当年的无知，但列强罔顾历史与文化规律的瓜分行为的确被诸多研究者和观察家认定为诸多现代灾难的源头。位于中部非洲的弹丸小国卢旺达，从1890年开始相继为德国和比利时统治。该国主要由两大素有历史龃龉的部族构成：占总人口约80%的胡图族和约18%的图西族。殖民时期，两个宗主国均扶植人口较少的图西族为统治阶层，这在胡图族民众中引发了广泛的反感。比利时统治时期，殖民当局的民族政策几近荒诞：在很多情况下，民族的划分甚至只凭家产多少，拥有10头以上牛的人被划归图西族，而不足者则被划归胡图族。图西族拥有绝对的特权，享受最好的教育，并免于服劳役；而胡图人则大多从事重体力劳动，并绝无机会进入政府部门工作。不消说，即使这两个族群在历史上曾经有过哪怕一丁点温情，也在这种几近野蛮的殖民政策下烟消云散了。

  1962年卢旺达独立，比利时人离开之后，政权转移到多数派胡图族手中。报复行动立即风起云涌，不到十年间，近15万图西族人或死或逃亡。流亡海外的图西族人组成卢旺达爱国阵线（Rwandan Patriotic Front），与胡图族控制的政府军展开长期的激烈冲突。在一系列危机事件的导引下，终于演变为发生于1994年4月6日至6月中旬的卢旺达大屠杀。

  对此，英国学者乔里昂·米切尔曾在一篇题为《牢记卢旺达大屠杀》的长文中，有过令人心碎的描述：

我们来到一座铁门前，栏杆上系着紫色和白色的丝带，穿过环绕的绿树，迎面是三座建筑物。这是一所教堂，它比我想象中的要小，弯腰走进其中最大的一座建筑，只见在低矮的木凳的上方，还有挂着的衣服，它们已成土褐色，散出发霉的味道。随着眼睛逐渐适应这里的昏暗，我辨认出前方祭坛上摆放的花朵，紧挨刚才入口处的墙壁上，依然残留着早已破旧不堪的约翰·保罗二世的挂像。挂像的左边有一些普通的金属架，就像家庭装修店里常有的那种，但在这些架子上摆着的，满是头骨。它们被整齐地摆放，一排一排，静默地凝视着前方。其中一个头骨的前额，依然插着金属物。而在这些头骨的下面，是大小各异、层层叠叠的骷髅。

这是卢旺达大屠杀中成千上万图西人避难的诸多教堂中的一个。就在这个距卢旺达首都基加利南部约25公里处的塔拉玛（Ntarama）村庄，五千多名图西族妇女、男人和儿童，在这座教堂及其附近的其他礼拜场所寻求庇佑。而随后，他们的胡图族邻居——大部分来自基加利的胡图族青年男子组成的团伙"团结者"（Interahamwe）——带着砍刀、锄头、棍棒以及枪支、催泪瓦斯和手榴弹来到了这里。他们对教堂展开袭击，在几个小时之内，杀掉几乎所有在此避难的图西人。与其他诸多教堂喋血一样，这里成为种族灭绝行径的纪念场。

这场当代世界上恶名昭彰的惨祸总共导致约50万至100万人死亡，占当时卢旺达总人口的20%以上。在大屠杀前的三年时间里，由胡图族控制的政府一直对图西族实行种族歧视政策，不但在诸多领域内剥夺图西族应有的权益，更广泛使用国家控制的媒体不断进行煽动性的宣传。在大屠杀前九个月，一家影响力广泛的电台RTLM甚至在广播中公开宣读需要被消灭的图西族人名单。《卢旺达大屠杀人权监督报告》厚达700页，如是评价胡图人控制的电台在大屠杀中发挥的恶劣作用："人们低估了大众传媒在煽动民众情绪上发挥的作用。对于大多数生活在乡村的卢旺达人而言，广播是新闻的唯一来源，因此他们自然也就接受了电台的煽动性宣传；这些宣传高呼'消灭'图西人，声称政府军队胜利在望，并让普通人深信未来只属于极端派的胡图人……有些人参与屠杀只因心存仇恨，另一些人则出于恐惧，出于野心，出于贪婪，出于免受迫使其参战者迫害的欲望，或仅仅出于想逃避因置身事外而遭惩罚的心愿。"

　　正因如此，二战后，在非洲大陆掀起波涛汹涌的独立浪潮并纷纷获得成功后，各国领袖们面临的最大困难是，如何将操不同语言、拥有不同信仰、处于不同社会发展阶段的形形色色的部族和群体融合成"民族国家"。亦即，如何让缺乏种族、阶层或意识形态认同感的国民在极短的时间内形成稳固的、共同的身份认同，使之心甘情愿隶属于新的国家？

独立了吗?

第二次世界大战之后,国际局势陡然变化,为非洲的去殖民地化和民族独立运动提供了良好的政治土壤和国际舆论环境。从1951年开始,至60年代末,绝大多数非洲国家至少在名义上脱离了前宗主国的统治,成为新兴的独立国家。大部分国家的政权更迭过程较为和平,却也有一些地区发生了持续的武装冲突,如葡萄牙治下的莫桑比克和安哥拉。

独立之初,一切似乎显得相当美好。以加纳的恩克鲁玛为代表的独立运动领袖,在人民心中拥有极高的威望。他们雄心勃勃、热情洋溢,为国家的发展勾勒出一幅又一幅的宏伟蓝图。在赢取民众支持的过程中,教育、医疗、就业和土地等问题,成为政客们频频热议的话题,他们许下承诺,将给解放后的非洲人民带来一个全新的文明世界。此外,那些年非洲经济的发展状况也非常不错。第二次世界大战以后,非洲的诸多产品,如咖啡、可可、铜、钻石等,在国际市场上正处于价格最高的巅峰时期。1945—1960年间,非洲的经济规模以年均4%—6%的速度增长,大多数新生国家的政府债务均处于较低水平,而外汇储备则相对较高,这使西方国家看到了美好的前景,乐于提供经济援助。在气候上,亦"天公作美",在整个20世纪50年代,撒哈拉以南非洲一直风调雨顺,农业产量持续增长。政治独立,经济发展,这块大陆的前途似乎无比坦荡,以至于著名经济学家安德鲁·卡马尔克(Andrew Kamarck)极为乐观地断言:非洲大多数国家的经济到20世纪末将一片光明。

然而,这种得天独厚的条件,却并未发挥其应有的作用;独立之后的各新兴主权国家,也未能使绝大多数非洲人民享受到现代世界文明的种种便利,反而出现了诸多令人意想不到的状况。

民众身体素质和文化素质的低下,是独立后的非洲国家发展面临的最主要障碍。在20世纪50年代末,整个撒哈拉以南非洲地区大约有2亿人口,却只有8000人上过初中。学龄人口中接受初中教育的人口比例还不足3%。前英属殖民地情况较好,而前法属殖民地的广大幅员内,竟无一所大学。另外,由于气候异变、卫生状况简陋等原因,非洲人口的身体素质也令人堪忧。在1960年,由于各种自然灾害和流行病的肆虐,整个非洲人均寿命仅39岁。这一状况,即使在半个世纪后的今天,也没能得到很好的改善。如2012年的马里,初生婴儿死亡率高达109‰,大大超过世界平均水平。在经济蓬勃发展的非洲城市如内罗毕的大街上,几乎看不到老人。

与之相应的,则是非洲诸国人口的爆炸式增长和缺乏计划的城市化进程。在如今的非洲,妇女的平均生育率是六个孩子；在20世纪70年代的肯尼亚，妇女的平均生育率甚至是八个孩子。从1950年到1980年，非洲人口增加了两倍，新增人口绝大多数生活在土地贫瘠、资源匮乏的农村地区。而这些孩子长大之后，无以为生，只好涌入城市打工。这就为基础设施本就薄弱的非洲城市带来了巨大的压力。目前，绝大多数非洲国家的首都人口都超过100万。大部分城市缺少电力、自来水、垃圾处理装置和柏油马路等，这些潮水般涌入城市的农村青年则群居在贫民窟里，他们的栖身之所往往是金属铁皮板搭建起来的棚户。至于城市所能给他们的就业机会，则少之又少。这些无业青年的青春和热血，最终只能转化为高城市犯罪率。

积贫积弱的现状使新兴非洲国家的"独立"只能是一种形式，甚至是美好的幻象。欧洲的前宗主国依然非常有力地控制着这些国家的政治经济格局。一切带有现代色彩的工业部门（制造业、银行业、进出口贸易、航空业、加工业、服务业等）几乎全部被欧美跨国公司控制（由于中国的加入，这一状况近十年发生了微妙的变化）。

政治制度的建设，也大抵如此。殖民主义时期，由于前宗主国的高压统治，非洲各国普遍没有代议制民主的经验，而大多由欧洲人扶植下的军阀或独裁者统治。独立后，这些国家虽草率仿照英法建立了民主政治架构，但在实际的政治操作中，却依然是以威权乃至极权政治为主。政府官员大权独揽，收入奇高，并利用手中特权大肆贪腐。一个数据很说明问题：1964年，14个非洲法语国家用于进口酒精饮料的金额比进口化肥高六倍,进口香水和化妆品的金额为进口机床设备的一半,进口私家车所需汽油的金额几乎相当于购买拖拉机的金额,而进口汽车的金额比农用设备高出五倍之多。有限的国家资源被腐败的政治精英阶层作为牟取私利的平台。1965年,被誉为"非洲独立之父"的加纳政治领袖恩克鲁玛建造了一座宫殿,内有60间豪华套房和一个可容纳2000人的宴会大厅,极尽奢华之能事,却只为承办一届非洲统一组织(简称"非统")的首脑会议。在他的倡导下,其他非洲国家领袖纷纷开始大兴土木:加蓬建造了若干座滨海大饭店和一座宫殿式的总统府,造价超过2亿美元;塞拉利昂用国家财政预算的三分之二修建酒店和宫殿;多哥则耗费1.2亿美元在首都洛美修建了一座三层楼的会议中心,以期说服非洲统一组织会议将总部从亚的斯亚贝巴迁往洛美,却最终遭到拒绝。

对此,马丁·梅雷迪斯在《非洲国》(*The State of Africa*)一书中的评价是很中肯的:

> 人们常说,非洲国家大多受到内部矛盾纷争的困扰,因而,只有强势政府才能带来谋求发展繁荣所必需的稳定。然而,实际上,非洲普遍建立了强势政府,无论是个人独裁模式的,还是一党制模式的,但往往既未能在政治上保持稳定,也未能在行政上保持效率。非洲领导人一旦上台,就会殚精竭虑维持自己的权力地位。

梅雷迪斯尝试在殖民主义的历史脉络里,找寻现代非洲国家贪腐盛行的根源。例如,在尼日利亚,滥用公共资金就有非常深厚的渊源。在欧洲人统治的时代，尼日利亚人将政府部门视为"白人的差事"，也就是一套外来的、强制自己遵从和执行的架构体系，所以"该偷就偷，能抢就抢"。对此，一位尼日利亚学者如是描述："在人们看来，偷窃国家资金算不上什么大错，尤其是偷来的资金不仅用于个人，也用来惠及乡人或党人。假如有人在政府里供职，人们都会指望他利用权力和资源谋些私利，照应自己或邻里乡亲的利益。"然而，欧洲人离开、国家实现独立之后，这种行为习惯或思维模式却保留了下来，人们还是习惯于将国家和政府视为"外人"的机构，以权谋私依然被绝大多数人视为正当现象。

如此看来，殖民主义的影响并不会因为欧洲人的离去和非洲国家的独立而彻底消除。恰恰相反，即使在经济、政治、军事和外交领域赢得了牢固的自主权（事实是，在很多情况下，连这一点都很难实现），根植于"被殖民者"文化的某种微妙心态，仍在持续发挥着作用，在后殖民的时代里，加固着既有的秩序。

2011年，英国广播公司（BBC）制作播出了两集纪录片《中国人来了》（*The Chinese Are Coming*），由主持人贾斯汀·罗莱特（Justin Rowlatt）出镜，采访了在安哥拉、赞比亚和坦桑尼亚等非洲国家生活的中国人，并尝试就当地人对"中国人来了"的反应做出冷峻的观察。在战乱频仍的中非大国刚果（金）的山区里，蕴含着丰富的金属矿藏。一些当地的无业青年会去山里用简单的工具挖矿石，再卖给散居于附近的中国人。当被问及此事时，受访的刚果青年说："中国人……

简直是小偷,他们给的钱……实在太少了。"在赞比亚和安哥拉,则有受访者对着摄像机的镜头坦然地说:"中国人理应给我们更多援助。"我们在访谈中发现,非洲人的这一逻辑曾给很多在非洲生活的中国人带来严重的困扰,原因在于这种观念似乎缺乏内在逻辑。"为什么别人一定要给你钱,一定要援助你?这不科学。"一位在安哥拉开农场的中国人,在MSN上,用时下流行的网络语言对我说:"认为别人给自己钱是理所应当的,别人的便宜不占白不占——中国人不会这么想,欧美人也不会这么想。"

政治和经济上的依赖,或许还可以渐渐解决;但文化与心理上的依赖,显然更加根深蒂固。无论哪种依赖,结果都是显而易见的:非洲国家已在形式上赢得了独立,但真正意义上的、从物质环境到精神世界的独立,在相当长的时间内,对于大多数新生的非洲国家而言,依然很遥远。

精英的看法

罗纳德·赛坎迪是乌干达典型的文化精英,主要出于如下几个原因:第一,他的收入水平远远高于这个国家的平均水平,供职于国际知名通讯社的他月薪可达1000美元以上,这使他可以负担得起坎帕拉城郊比较好的公寓以及一辆丰田私家车。第二,他毕业于马凯雷雷大学新闻传播系,这所大学是东非地区最好的大学之一,此时,他正在职攻读这所大学的国际政治专业的硕士学位,期望能让自己国际新闻记者的事业更上一个台阶。

赛坎迪出生于一个相当富裕的家庭。他的父亲是一位医生,母亲是大学教师。他的童年在祖父的农场里度过。优越的环境使他一直接受相当好的教育。赛坎迪是布甘达人,但同这个国家的大多数精英一样,他信仰基督教,却也始终未放弃自己部族的原始信仰。当被问及两种信仰会否在某些时候构成冲突,使自己陷入难堪的局面时,他斩钉截铁地说:"不会!"事实上,与我们打过交道的其他布甘达人相比,赛坎迪身上的符号化特征最不明显:他讲英语的口音比他的同胞们轻很多（更标准），他在婚娶问题上丝毫未曾考虑过部族文化的独特性（娶了一位外族女子），他的日常生活也完全的"国际化"，几乎不庆祝布甘达人的节日和纪念日。这些在西方国家及至当代中国大都会中寻常可见的生活方式，在乌干达这样的非洲欠发达国家仍然相当罕见。

一方面，绝大多数非洲国家远未实现文化的全面现代化，原始部族文明依然在相当多的地方居于强势地位。以肯尼亚与坦桑尼亚交界地带的马赛人为例，女性割礼仍然被非常严格地执行着，尽管不少马赛人已迁移到现代化程度很高的城市中生活，但在大多数人的观念里，部族的仪式尽管残忍，仍是一种神圣的存在，不可轻易打破。像赛坎迪这样隶属于某个历史悠久、文明牢固的部族，却能在大学里通过自由恋爱的方式和来自异族的女子结婚，虽并不为社会规范排斥，却也并不多见。

另一方面，11年前一个极为偶然的机会，使仍在乌干达广播公司（UBC）实习的新闻传播系大四学生赛坎迪成为这家国际知名新闻通讯社的记者，这也绝非普通乌干达人——哪怕是名牌大学的学生——常有的际遇。即使在全球化浪潮汹涌的今天，乌干达仍是一个相当封闭的国家。糟糕的基础设施建设、简陋的卫生条件、受教育程度普遍偏低的人口以及不甚美好的国际形象（如《科尼2012》所成功建构的那般），成为吸引外国人来投资和旅游的巨大障碍。即使在首都坎帕拉的街头，当我们扛着器材经过时，沿途的本地人都会投来既好奇又多少有点警惕的目光，那阵势让人想起30年前刚刚打开国门的中国——大家都没怎么见过外国人。外国机构派驻乌干达的分部,也很少雇用本地员工。在坎帕拉长期生活的外国人不少,分别来自欧美、中国和印度,但他们各有自己的生活范围和交际圈子,几乎不与本地人打交道。于是,那些供职于国际媒体(主要是大型新闻通讯社)的本地记者和雇员,就成了这个国家中国际化程度最高的一小批人。赛坎迪就是其中之一。

也许是出于上述原因,赛坎迪几乎是我们采访过的乌干达人中心态最为平和的一位。他对于殖民主义及其一系列文化后果持比较温和的态度。"非洲人习惯了受外来势力的影响,欧洲人来了,带走了一些东西,也留下了一些东西,你说不清楚孰轻孰重,"他对我们说,"现在很多人又在说中国人是新的殖民者,说他们为石油和资源而来……这些说法都忽略了一个事实,那就是:非洲人不是傻子,我们明白应该从这样的交易中得到些什么。"

我们在赛坎迪身上几乎看不到任何民族主义的立场,这样的气质甚至在与他出身和资历相当的同行们身上,也难觅踪迹。在我们的若干次交谈中,他总是用"非洲人"(Africans)来指代自己的文化身份,而不是"乌干达人"或更为具体的"布甘达人"。在他看来,殖民主义也好,后殖民主义也好,不过是各取所需的交易,就算有不公平的地方,也终将被历史纠正,没有必要时时做出受害者的姿态。"那很可笑。"这是他的原话。

2006年,赛坎迪去了一趟中国。那是他第一次到非洲之外的地方出差。那次旅行让他既兴奋又感慨。北京、上海和广州的繁华与摩登给他留下了深刻的印象。"内罗毕很现代,我去过,但那是因为它是肯尼亚的首都,整个肯尼亚都在建设它;可到了中国我才发现,所有的城市都像首都,都那样壮观、宏伟。回来之后,我写了一篇文章,最后一句是:哦,中国,整个非洲都应该沿着你的发展道路前行。"

我们不知道赛坎迪的这番话究竟在多大意义上是真诚的,但至少它让我们听到了这个普通的非洲国家里精英阶层的一种声音。事实上,很多可被归入精英阶层的非洲人士,均在某种程度上将中国的发展路径视为非洲摆脱后殖民主义的影响、走上经济腾飞道路的捷径。相比中非民间交流中存在的种种误解,在较为"上层"的地方,中国不是新的殖民者,而是某种可以引领非洲诸国不断摆脱殖民主义后果的象征。

上述印象,我们在供职于大型中资企业华为并担任其乌干达分公司副总经理一职的詹姆斯·穆雷贝基(James Mulebeke)身上,得到了更有力的验证。

在乌干达人眼里,穆雷贝基是标准的外企"金领",收入高、工作体面、忙碌却注重生活品质。七年前,刚刚大学毕业的他走进华为公司时,并没有想到能一直做到现在。"今天可以说,我依然坚持当初的选择,我会一直为华为公司工作。"他说。

穆雷贝基用一口流利的中文开始了他的故事:2001年,他从马凯雷雷大学机械工程专业毕业后,即通过中乌两国政府联合设置的奖学金项目得到前往中国深造的机会。在北京语言文化大学（现已更名为北京语言大学）学习一年中文后，他进入清华大学学习。2005年硕士毕业后，面临众多选择的詹姆斯困惑重重。在咨询几位专家和导师后，他选择了华为。"导师们告诉我，华为成长非常迅速。我认为这是乌干达等非洲国家所亟需的样本，"詹姆斯肯定地说，"今天看来，这个选择是非常正确的。"

如今，穆雷贝基已经成为在乌中资企业的一个"传奇"。短短五年时间里，他从产品经理到客户经理、高级客户经理，再到代理助理，最终成了公司的二把手，管理着庞大的国际销售团队。他在中国与非洲文化之间左右逢源、游刃有余，他比很多中国人更懂中国，他的职业生涯和奋斗经历也为本地员工津津乐道，为华为在融入非洲本土、善待本地员工方面，赢得了良好的声誉。

詹姆斯（他更习惯被人直呼其名）的一天从清晨5点半开始。起床后，他会先去打高尔夫球，7点半准时回家洗澡吃饭，8点半驱车抵达办公室开始工作。由于重点负责公司的销售业务，他的主要日常工作包括召开各种部门内或跨部门会议，讨论工作中遇到的问题和可能的应对方案。此外，还有以各种方式和重要客户沟通：电话、邮件、拜访、喝茶、聊天、吃饭，等等。

"起初，在乌干达，没什么人知道华为。有一次我去拜访一位部长，他忙于各种会晤，对我不理不睬，我在那幢办公楼里一连等了三天，都没机会拜见他。到了第三天，部长看到我后非常好奇地问：'你为什么每天都在这儿？'我知道我们的机会来了,连忙说:'尊敬的部长先生,我是来自华为公司的詹姆斯,能占用您五分钟时间吗?'……40分钟后,我离开了部长办公室,你根本想象不到第一次成功拜会政府高官,我有多激动!"詹姆斯有点兴奋地说。

据华为公司提供的资料,自2001年进入乌干达通讯市场以来,该公司已于2007年成为该国通讯市场的领军企业。2010年,公司年销售收入为1.6亿美元。"目前华为乌干达分公司员工的本地化程度已达50%以上,且多进入管理层;华为每年能为乌干达提供2000至3000个直接和间接工作机会。"詹姆斯介绍道。谈及中国企业走出国门,大举进入非洲市场,詹姆斯称:"我百分百支持中国企业走出去的政策。"他给出了两点理由:其一,经过三十余年的高速增长,中国经济总量已跃居世界第二,这为中国企业走出去提供了强大后盾;其二,中国的产品生产能力卓著,"中国制造"价廉物美,是非洲人民真正想要的,这与西方跨国企业的策略有本质的不同……中国企业走进非洲存在实际市场需求。

"在乌干达,华为有来自中国的专家技术人员,负责培训当地员工并一起作业。我们在肯尼亚、南非、安哥拉等地都设有培训中心,致力于培训本国和周边国家的员工。华为公司不管走到哪里,都非常重视知识和技术的实地转化,"詹姆斯说,这种转化最大限度地使本地员工受益,"通过培训,通信设备的安装、调试都可以百分之百由本地工程师操作"。通过"传帮带"培养非洲本土的熟练技术人员并使之具备独立操作技术与运营企业的能力,这与西方国家的跨国企业有很大不同。

成功的事业之外，在乌干达的华人圈中，詹姆斯是个赫赫有名的人物。每逢中国文艺团体来乌进行友好演出，詹姆斯都义务充当主持人，用本地观众能够听懂的方式介绍中国艺术，讲述他在中国初次看到民乐、舞蹈、武术、杂技这些"绝活"时的感受，分享他对中国文化的理解。

我们在调研中发现，如詹姆斯这样有过留学中国经历的非洲人，正在非洲社会的现代化和中非文化交流中扮演越来越重要的角色。据中国高等教育学会外国留学生教育管理分会（CAFSA）的统计，2011年在华学习的非洲留学生总数达27 744名。尽管这一数字在来华留学生总人数中所占比例不高（7.09%），但发展趋势令人震惊：比2010年增长了26.46%。这些学生大多通过中国与非洲国家政府间的奖学金项目申请来华，经过语言强化学习后，进入名牌大学攻读学位。拥有非洲业务的中国机构，如新闻媒体和大型企业（如华为、中海油、四达时代等）等，则成为他们择业时的首选。

"越来越多的商业与文化精英开始在情感上亲近中国，至少原来的格局构成了一种平衡。"任职于马凯雷雷大学的政治学教授穆林杜瓦·茹汤加如是对我们说。他从十年前开始关注中国问题，尤其是政治体制的改革及中非政府间关系。作为一位在印度获得博士学位的资深学者，留学亚洲而非欧美国家的经历，显然使他对中非两个文化体的交流与碰撞有着比其他人更深切的体会。"你可以说亚洲人不重视个人的权益和自由，但相应的，他们对其他人的要求也不会过于苛刻。

中国政府对非洲的援助,附加条件的确很少。很多人说是意识形态在起作用,我倒认为是文化的缘故。亚洲人不喜欢麻烦别人,也不喜欢别人麻烦自己,仅此而已。"

事实上,我们在观察和调研中发现,中国雇主和非洲工人之间爆发的冲突其实并不多见,且最后总能得到较为妥善的解决。一方面,中国文化中有"多一事不如少一事"的气质,遇上矛盾,很多企业主会选择"息事宁人"、"花钱消灾",这符合常识与逻辑的判断。另一方面,多数中国企业,尤其是大型国际企业,正在公共关系和本土化方面投入越来越多的成本与精力,最大限度地避免因文化差异而导致的误解。但是,在西方主流媒体上,我们看到的似乎是另外一幅画面:中国企业主正在成为如100年前的欧洲人一样的殖民者与资本家,其与非洲雇工之间的冲突往往导致不必要的暴乱和伤亡。2012年9月6日,美国《华尔街日报》即以《就业与冲突:赞比亚矿山的中国投资迷思》("China Investment Bring Jobs, Conflict to Zambia Mines")为题,为全世界的读者呈现出一派相当混乱的劳资冲突景象。事件缘起于8月4日发生的一起冲突。当天,赞比亚南部科蓝煤矿的矿工发生暴动,暴动的赞比亚矿工用手推车辗死了一名50岁的中国籍监工。另有两名中国经理在暴乱中受伤,16名赞比亚人被捕。科蓝煤矿在赞比亚注册,但老板是中国人。赞比亚官员和科蓝煤矿的一位高管认为,发生暴乱的原因在于工人对最低工资上调何时生效产生了误解。但据笔者向在当地生活的朋友了解此事时获取的信息:无论赞比亚本地媒体还是大量派驻于此的西方媒体记者，均在报道中采用了矿工方的一面之词，导致这个缘起于交流误解的事件被生硬地置于劳资冲突、资本主义、新殖民的框架中加以阐释。耐人寻味的是，造成这种偏向的原因并不完全由于媒体的偏颇和预设，也因为当事的中国人，尤其是企业主，往往拒绝接受媒体的采访、拒绝公开发表意见。类似的情况，我们在纪录片《中国人来了》中，也有所见识。

"怕出事"的文化心理，并不会杜绝出事，而只会让已经发生的事故因交流的缺位而引发更多的误解。更有甚者，一些不法之徒会利用中国人的这种心态，实施犯罪。在非洲，中国公民已经成为偷窃、抢劫甚至强奸的主要目标。2012年7月，中国和安哥拉警方粉碎了一系列参与武装抢劫、贩卖人口和卖淫活动的犯罪团伙。该年早些时候，叛乱分子还在苏丹绑架了29名中国工人。

对于西方媒体对中国和非洲国际形象的刻画，茹汤加教授也深有感触。"我并不是一个顽固的民族主义者，也羡慕非洲之外其他国家的发展，"他说，"但只有在这个国家发生瘟疫，或者有可怜的小孩被反政府武装绑架，那些西方记者才会跑过来。他们看起来很勇敢、很正义，但他们报道的东西，并不是全部真相。"

有趣的是，当我们对他说，中国的国际形象在很多情况下也是由西方媒体建构的时候，他摇了摇头。"中国的情况正在好转，但非洲依然处于黑暗中。"

我们无法确定上述受访的精英能在多大程度上代表非洲

的主流民意。我们也尝试接触生活在城市之外的普通非洲老百姓，但总体上收效甚微。一方面，是语言上的障碍，即使在以英语为官方语言的非洲国家，能够熟练使用这种语言来交流的人，也只是为数不多的"体面人"。殖民者给这片大陆留下的最重要的痕迹，莫过于这种以语言来区隔阶层和生活方式的社会文化架构。另一方面，很多非洲国家的基础设施建设极为简陋。因为没有路，从城市驾车前往某个较为偏远的地区，常常耗时几天；而城市之外的地区也往往缺乏电力和能源供应，采访行为受到很多限制。

不过，非洲多数国家总体上仍处于"精英治国"模式。我们相信，这些人的看法，就算不具广泛的代表性，也至少居于"主流"的地位。他们对中国的好感，当然不是出于文化上的亲缘，也不会是纯粹的利益考量。就像不少受访者所说的那样：靠近中国，也许是为了"逃离西方"而做出的一种选择，更像是一种姿态、一种策略。中国中央电视台的若干外语频道在非洲多国实现落地之后，很多本地政要和名流放弃了CNN和BBC，转而收看CCTV制作的外语新闻。这或许可以被视为非洲的精英阶层努力为脱离殖民主义痕迹而做出的努力。

应对选择

我们不能将不同国家与文明之间的关系简化为粗暴的力量对比。文化之所以成为一种力量,恰恰在于其具有政治与经济制度无法企及的流动性和包容性。在经济实力和政治系统不可通约的两个文明之间,文化有可能成为它们对话的有效方式。不过,这也是一种带有乌托邦色彩的假设。事实上,随着哈佛大学的约瑟夫·奈(Joseph Nye)教授将"软实力"(soft power)的概念深深植入各类决策者的头脑中,文化间的冲突早已不再是单纯的"融合"或"误解",而成了后冷战时期一个带有显著权力色彩的概念。于是,当我们尝试用谦和的姿态去考察中非两种文化在这片土地上的共处情况时,便陷入了某种尴尬的境地:所有的受访者,无论中国人还是非洲人,都默认自己在这一权力结构中,从属于某一方。或者说,任何人都不会认为文化与文化之间应当是平等的关系。而我们,尽管反复强调自己只是客观的记录者,却也时常被视为中国文化派来非洲"采风"的探险家。

因此,中国文化并未成为丰富非洲文化的一道外来的佐料,却多少有点无奈地被纳入了一种二元对立的话语结构之中。中国人出现之前,非洲本土的民族主义和西方殖民者存留下来的文化(广泛存在于政治架构和生活方式之中)已在相当高的程度上实现了融合,形成了独具现代非洲特色的某种"混血文化";但中国的出现,打破了这种稳定的平衡。

2012年12月9日,西非国家加纳大选尘埃落定,执政党候选人马哈马(John Mahama)战胜反对党候选人阿库夫—阿多(Nana Akufo-Addo),当选为总统。有媒体报道称,这一结果"让中国的相关能源企业暂时松了口气"。原因在于,阿库夫—阿多曾于多个场合对中国在加的"存在"表示不满。据2012年12月14日《南方周末》报道:

> 2012年12月8日上午,计票刚刚开始。几百名反对党"新爱国党"的支持者冲到加纳首都阿克拉机场西侧的一座商用楼前抗议,称这座楼里的一家中国公司与执政党和选举委员会串通好,篡改选票数据。"看他们院子里的卫星接收器,肯定是用来劫持各个选区送来的结果的。"一位新爱国党支持者阿福里义(Osei Afriyie)自信满满地告诉笔者……但楼里实际上是一家以色列的电信技术公司,从2004年大选就开始为加纳的选举委员会提供网络支持。没有找到任何证据,示威者也只好渐渐散去。到当天下午4点左右,现场已经没什么人,但警察一直在楼前执勤到大选结果公布之后。

本来是以赚钱为目的进入非洲的中资企业,由于文化上的误解与隔绝,竟被迫卷入所在国的政局,实在令人无奈。

无法回避的选择

我们也曾试图就此问题采访驻肯尼亚、乌干达等国的中资企业负责人,但他们大多对此问题讳莫如深。倒是有非洲本地的学者和观察家对我们坦言:"中国人以为来到这里,开了矿,赚了钱,给政府交了足够的税,解决了一些本地人的就业,就万事大吉了。这是错误的。从一开始,你就不属于这里,你对这里的文化既不感兴趣,也谈不上尊重。由于得不到民众的喜爱,你只能依赖政府,而政府在这里更换的速度比你想象中的要快得多。"

选择也好,竞争也罢,既然无法逃脱,便只能硬着头皮应对。但显然,我们的文化传播决策者和文化交流机构并未做好充分的准备。

2012年,是中国与乌干达建交50周年。这一年里,中方着力加强了两国文化方面的交流:中国国务院新闻办"感知中国"活动首次派出中央媒体采访团来乌进行集中采访;中国首次派遣援乌青年志愿者进行为期一年的志愿者活动;华东师范大学、浙江师范大学的学者赴乌进行短期实地调研。中方亦邀乌文化部副部长前往中国参加"中非合作论坛——文化部长论坛",邀请乌艺术家参加"非洲画家南京行"活动。我们写作此书时得知,通过乌中双方有关方面的努力,在乌设立类似孔子学院的计划正在紧密推进中,可预见的一两年内,即将建成。

虽然近年来中乌两国的文化交往愈发频繁,但我们在采访中感到,这些文化活动基本停留在官方层面,一般都是运动式的,多为在特殊时间节点举行的文化展示活动,并无常态化运行机制。日本驻乌使馆每年都会举办一次类似日本文化周的活动，其间会集中展示日本电影和美食文化等，而与乌有远为紧密的经济联系的中国，却并无类似的固定文化活动。

此外，官方层面的文化活动安排亦缺乏科学性，效果欠佳。2012年，中日两国使馆同时举行文艺演出，笔者观看了两场活动，感觉差别明显：中国的文艺演出重视外在形式，而日本的演出团体重视节目的传播效果。中国的文艺演出虽由国家级表演团体派出，节目内容固然丰富且形式多样，但节目质量良莠不齐，令人眼花缭乱。在演出过程中，我们随机采访了几位本地观众，发现其对于节目的解读多停留在满足"好奇心"的认知层面，多惊叹于中国杂技、武术等项目的技术难度，并未关注表演体现的文化内涵。而日本方面虽只是派出由几个人组成的鼓乐团体，阵容之华丽远逊中国，却非常重视节目编排与细节考虑，会力邀当地演出团体同台献艺，将日本民族音乐和非洲部族音乐有效结合，注重台上演员和台下嘉宾观众的互动，演出前更有节目内容的相关介绍，演出结束后则请观众填表给予反馈信息等。这样一来，虽然中国的演出邀请了乌干达总理和多位部长政要，日本的演出活动仅有一位外交部副部长出席，但仅从演出的文化影响力来看，日本演出团体明显胜出。

事实上，绝大多数中非文化交流事宜，均由官方组织，大多缺少与当地民众交流的成分。例如，中国赴乌干达的几次文艺演出都在只能容纳300人的乌国家剧院举行，受邀观众也基本局限于华人华侨、乌干达政要和外国在乌使团，基本不对民间开放，而且互动效果不佳。乌干达的记者同行曾对我们表示：乌普通民众很少可以看到这样的文艺演出，若抛开政府公关色彩，令中乌两国的民间文艺团体自由切磋，效果会好很多。

　　文艺演出如此，文化交流的其他领域亦很荒芜。我们几乎未曾看到任何来自中国的非官方组织和个人在此进行长期或者短期的文化交流活动，甚至，笔者的一些朋友有心要从中国来非洲从事志愿者工作，却找不到任何一家中方组织机构为其搭台唱戏。

　　而西方对非洲政治、经济、文化的影响由来已久，非洲对西方的介入既有依赖也有不满。这一复杂关系在新闻传播领域体现在：非洲主要通过西方媒体了解外部世界，却又对西方媒体在塑造非洲国家形象方面的偏颇极有微词。同时，非洲对于崛起中的中国和与中国有关的新闻有巨大需求，这给中国媒体进入非洲创造了有利条件。近年来，虽然中国媒体"走出去"的步伐加快，但相对于西方媒体在国际舆论竞技场上主导游戏规则之游刃有余，中国媒体依然处于被动介入的初级阶段。

　　美国《纽约时报》2012年8月曾刊登题为《中国媒体在非洲加速扩张》（"China's News Media Are Making Inroads in Africa"）的文章指出：在大多数西方广播公司与报纸削减开支时，中国国家媒体却在非洲和整个发展中世界迅速扩张。它们希望提升中国在全球的形象和影响力，尤其是在一些资源丰富的地区。文章写道：肯尼亚发行量最大的英文报纸《国家日报》(*Daily Nation*)每日刊登大量中国官方通讯社新华社的文章,电视观众可看到中国中央电视台和中国新华新闻电视网的报道。报道援引这家报纸一位高级编辑的话说:"你会清楚地发现中国媒体已打入肯尼亚,并发起全面的魅力攻势。"

可以说,"中国媒体在非洲加速扩张"的提法并不算夸大事实。成立于1986年、在非洲近三十个国家设有分社的新华社非洲总分社,目前仍在积极拓展,不断在更多国家建立驻点。其他几家央媒进入非洲的步伐亦可谓"跨越式"。2010年年底,央视在非洲不过几个人;2012年1月,央视第一个海外分台——非洲分台的开播仪式在内罗毕正式举行,每天制作一小时的英语节目,中国与当地员工加起来已达100人规模。2013年年初,央视非洲台日播时间达一个半小时,并计划不久即增至两小时。2012年8月,我们造访央视非洲分台时发现,这里拥有最先进的新闻采集、制作、播出系统,配备了两个高清演播室以及最新高清电视设备。在肯尼亚当地时间8点开始的一次新闻直播中,我们注意到除少数几位部门负责人是中国人,负责协调事宜外,包括主持人、外景出镜、编辑记者、技术人员在内的工作人员均为非洲当地人,甚至连导播、主编和责编这样的重要岗位也由当地人担任,实现了央视所说的"采编本土化"。分台在2012年7月到8月策划制作了耗时近一个月的直播特别节目《东非野生动物大迁徙》,动用了包括外包公司在内的约五十人的团队。直播活动在肯尼亚,而东非野生动物迁徙是在肯尼亚和坦桑尼亚之间,以致坦桑旅游管理部门对此表示不满,抱怨肯尼亚独占这一旅游大卖点。

而中国官方英文报纸《中国日报》（China Daily）非洲版于2013年1月在内罗毕举行创刊发行仪式，成为在非洲发行的首份中国英文报纸，发行范围覆盖肯尼亚、南非、尼日利亚、埃塞俄比亚、坦桑尼亚和加纳等非洲重要国家。中国国际广播电台目前使用英语、法语、阿拉伯语、葡萄牙语、斯瓦希里语、豪萨语等多种语言为非洲听众提供传播服务，在非洲国家开办了20个整频率城市电台、3家广播孔子课堂。我们在对非洲本地人的采访中发现，他们对于央视的认知度很高，除不少政府高层和媒体精英会定期收看每天晚上8点至9点直播的央视非洲新闻，因免费落地，很多具有英文听说能力的普通民众亦对CCTV相当熟悉。

当然，尽管如此，仍须承认：西方媒体在非洲的优势影响，并未发生根本性改变。例如，不少非洲媒体虽开始采用新华社稿件，但在重大国际事件的报道中，非洲媒体更多还是依赖法新社与路透社，这主要由非洲曾被英法两国长期殖民的历史所致。此外，虽然西方媒体因经济危机阴霾收缩编制精简人员，却从未放弃维持甚至希望扩大自身在非影响的努力。在非洲许多大城市街头，随处可见BBC的大幅户外广告，BBC英文广播在讲英语的非洲国家一直拥有为数众多的忠实听众。在很多经济欠发达的地区，广播是比电视更具渗透力和影响力的大众媒体。

此外，尽管国库丰盈，但"免费的午餐"并非长久之计。目前，新华社在非洲的供稿服务大部分都是免费的，央视更因没有广告而停留在大幅投入阶段,这种似乎不计成本的运营模式是否可以持续发展,尚需进一步观察和探讨。且非洲人对于"免费的午餐"也并非完全买账。我们曾就此事咨询过非洲媒体从业人员,发现非洲媒体在使用中国媒体提供的免费新闻产品与服务的同时,也对免费提供的新闻产品持有怀疑和戒备心理。《纽约时报》援引内罗毕 Standard Group 旗下两家报纸和一家广播电视台的执行总编沃卡·尼亚沃卡(Woka Nyagwoka)的话说:"肯尼亚人对免费的午餐持怀疑态度,尤其是中国制造的免费午餐。"

  当然,人员管理问题亦十分棘手。为实现本土化,中国媒体在进军非洲的同时需招聘大量本地员工。多年来,央媒虽在本地雇员管理上积累了丰富经验,但也时时遭遇棘手的问题。对人员规模急剧增长的央媒而言,人与人的交流不畅是亟待解决的问题。据我们了解,某些中国媒体采用高薪挖人策略,不但整体拔高了当地媒体从业人员的工资待遇水平,也给很多本地员工提供了向雇主漫天开价的机会,同时增加了其他同行招聘的负担,难免招人妒恨。如何跨越文化障碍,实现"人和",值得正在积极"走出去"的中国媒体管理层和一线从业者深思。

  既然被迫卷入竞争,成为被选择的一方,积极应对或许是明智的态度。当然,本书旨在记录与阐释,无意为决策者建言。只是竞争也好,共存也罢,文化的障碍始终是阻滞交流的顽石。能借事实的呈现揭露交流之无奈,终究是种建设。

作者手记

　　中国人冲进臆想中的伊甸园,却各自怀着发财致富的美梦。一方面,是"乘兴而来,败兴而归";另一方面,便是文化的排异与误解。如此一来,又有何意义?

记者手记

　　时间定格在2010年12月29日。当一个整年即将向我们挥手离去时,我站在首都国际机场,向北京挥手告别。翌日,当阿联酋航空的大飞机着陆在永远不会有两架飞机同时起降的小机场中间,我走下飞机,环顾四周,天蓝得出奇,机场外围的维多利亚湖望不到尽头,一股热气袭来。这里,黄皮肤黑头发的熟悉面孔已不太容易找到;这里,就是我未来生活和工作的地方,我的心微微颤动了一下……

　　第一次驻外,来到非洲这块完全陌生的大陆,虽然这里拥有无与伦比的旖旎风光,但贫穷、疾病甚至动荡战乱也都真实地存在着。2010年最后一天,抵乌第二天,在简短交接财务和固定资产后,前任同事夫妇因急事登上飞机离开,我开始了一个人在非洲的日子。出了门不认识路,有车不会开,签证还没办好延期,银行手续也没办完,这一个人的日子怎么过?

　　一个人的日子过起来,除了多项工作,还有那些看不到的日常琐事:各种支出缴费、房屋和技术硬件日常维护,凡此种种。其中不免有纠结与折磨：断电、断网在乌干达是家常便饭，约人装宽带需要上门七次，六次不准时，最快的一次等了两个小时……就是在这些日常经历中，我需要与形形色色的非洲人打各种交道，同时也会遇到在非洲的各色中国人。除去肤色外貌差异，文化和民族性格的差异也让误读误解时有发生；而近年来中非关系的迅速发展，更让他们在相互理解的基础上不断增进了解，努力求同存异，和谐共处。在这个过程中，有些故事，耐人寻味。

感谢不感恩，"健忘"不记仇

2012年下半年，一位中国客人造访我们驻点并将随身小包放在一间客房里，随后发现丢失上千美元现金。按规定只有我们雇用的女清洁工奈丝（Nice）可以进出客房打扫卫生，当时并无其他人在场，我们怀疑失窃现金系她所为，但没有证据，此事只得不了了之。几个月后，在另两位中国客人来访期间，同样的事情重演了。发现钱财丢失后，我们第一时间来到奈丝房间门口询问她，未果，起争执，她情急之下拾起脚下的石块朝我和父亲砸来，幸好我们及时躲开。她见状向大门飞奔，我和父亲及客人上前将其制服并报警，父亲的脖颈被她抓得伤痕累累。

事后，我与奈丝进行了诚恳的交谈："我们对你不薄，你为何还要如此作为？"她毫不犹豫地用责问的语气反问："这些东西你要么？"

刚来非洲不久的中国人有将一些生活用具用品送给非洲雇工的习惯，非洲人对此也从不拒绝。国内朋友来访，每次离开时都要将一些随身物品赠给分社的后勤雇员；一位曾在南非驻外的同事休假回国前特意整理了一包比较新且洗干净的衣服送给雇员，同时打算将其余比较旧、有破损的衣服直接扔掉。不料雇员看到后问是否可以留给他，最后所有衣服被雇员打包拿走。

殖民主义和西方文化的痕迹在非洲人身上的烙印格外深刻。东非人深受英国绅士文化影响，日常生活中表现得温文尔雅，在很多情况下，他们的基本礼貌丝毫不亚于甚至超过国人。饭店里，人们用餐时都比较安静，马路上少有汽车鸣笛，公共场所几乎没有吸烟的人，售票处基本都自动排队……在这里，人们见面会热情打招呼，通常会主动握手致意。（非洲是疾病高发区，据说曾有个别同事在外出时总会携带消毒湿纸巾，跟当地人握手后找个没人的地方擦手消毒。）此外，非洲人在接受礼物赠送时通常都会客气地说"Thanks"（谢谢）。

然而，很多在非工作生活多年的中国朋友表示：对于外界的施舍与给予，当地人其实并不买账，即便说一声"谢谢"，内心也未必真正感谢，很多人甚至会认为这是上帝的恩赐。问题是，一旦形成接受赠予的习惯，今天给了明天不给，他们反而会心生埋怨。这让我想起刚来乌干达时，和当地主流报纸《新景报》（*New Vision*）接触寻求合作之事。我们向其提供产品和服务，同时免费提供技术支持，甚至当这些设备因当地人操作不当损坏时,我方技术人员专程出差来乌干达上门服务。有一天我问雇员:"为什么我们给这家媒体提供这么多,而他们不愿意付费购买我们的服务?"他很自然地回答说:"当地报纸认为,谁让你们来的?既然你们能无偿提供给我们,就一定有你们的想法和目的;而且即便没有你们中国媒体,他们照样有法新社、BBC等其他新闻供稿服务。"

我这才意识到,其实乌干达人也知道"天下没有免费的午餐",所以乌政府官员对于外国援助保持着一种既欢迎又警戒的心态,通常是"援助给笑脸,谈条件给脸色",而且这么多年来,非洲国家早已学会在东西方之间寻找平衡以增加自己的谈判筹码。

"乌干达人不仅不记恩,他们也不记仇。"已有三位旅居乌干达十年之久的中国人如此表示。一位游姓福建商人曾对我透露:因怀疑一位当地员工偷盗1万美元现金,他将其送到警察局,由于无法把钱追要回来,他私下塞给警察小费示意警察揍员工一顿以解心头之气。第二天警察局将该员工释放后,他发现这位兄弟依然在厂门口向他示以笑脸,仿佛什么都没发生。另一位卓姓安徽商人则表示:不管和当地人发生多大的纠纷和矛盾,事情完了就完了,你基本不用担心对方采取打击报复行动。"在南非和安哥拉,通常是中国人指使黑人对付中国竞争对手或者谋取私利,非洲人目前还不懂用伎俩打击报复。"

虽然连乌干达某地区警察局长都承认,几乎没有不小偷小摸的非洲人，但我见到的大多数非洲人性情均很温和，对中国人总体上也友好。有些在乌经商多年、事业有成的华人华侨表示：在欧美发达国家，无论你做得多好，总有一种压抑，感觉不受重视，融入不了主流社会。而在非洲，只要你做得好，就一定会受到当地社会的认可和重视，并被奉为贵宾。

非洲人幸福指数有多高

在乌干达街头，随处可见无所事事的年轻人，有的在树下躺着休息，有的在路旁站着观望，有的手拉手在路上闲逛，有的在购物场所的休息区一坐就是一天……在这个人均GDP不到500美元、全国约30%人口仍处于赤贫状态的国家，人民过得幸福吗？

我们的清洁工奈丝一个月工资约500元人民币。听中国援乌医疗队的中国医生说，当地公立医院护士月收入也就这个标准。但是，每周六她都要精心打扮一番，穿着盛装去市中心休闲娱乐、逛街购物，美容美发不断，一次美发就要花费125元至200多元不等。浙江商人季先生在乌干达投资一家颇具规模的制鞋厂，他无奈地说："工厂招了数百名当地工人，每月一到发工资那天，工人将部分钱用于家用，其余的就带着去了酒吧。每次发完工资，第二天就有很多人不来上班，到钱花完了才来复工。"即便在警察局这样的政府部门里，工作人员也经常处于不紧不慢甚至轻松休闲的工作状态，有的办公室是一边办公一边放着音乐，工作人员在工作时肆意调侃说笑，警察和嫌疑犯的谈话也似家人朋友聚会时的嬉笑场面。

据我所知，身边的非洲人，无论精英阶层还是普通百姓，皆无存钱的习惯，没钱时，就习惯性借钱。我们机构的每一名雇员都曾向我开口借过钱，即便机构早已规定不向员工借钱，有些雇员还是以孩子生病、好友遭遇车祸甚至家人去世之类的理由借钱。一些中国雇主不得以，借钱后只好直接在工资里扣除，如果是私人间借钱，借出去的几乎都打了水漂。"今朝有酒今朝醉"，也许是骨子里放荡不羁的体现，也许是宗教或传统文化的影响，也许是天性里的乐观自由，也许是对现实的无奈。

于是，相比国内人们快节奏的生活方式、高房价和高物价带来的生活压力，悠然自在、不管不顾的生活状态反倒成了"幸福"的一种诠释。例如，虽为世界上最落后的国家之一，不丹却被《商业周刊》评为亚洲最幸福的国家，这似乎和落后又幸福的非洲国家有相似之处。不丹在四十多年前首创国民幸福指数，曾有高达97%的国民认为自己很幸福，但在2010年公布的国民幸福指数中，认为自己幸福的人却下滑到只剩41%。

有媒体记者问不丹民众："幸福是什么？"不丹民众回答："什么是幸福？我根本不知道。"

为什么很多不丹人变得不再幸福，不丹总理在接受媒体采访时表示，财富带来欲求，不丹逐渐走向经济开放和国际接轨，也让人民背离传统价值观，都市化和贫富差距出现，攀比的心态也降低了人民的幸福感。

　　非洲人的这种幸福感和昔日的不丹是何等相像。随着无法阻挡的全球化大潮袭来，这种简单而盲目的幸福终归可能是短暂的、不可持续的。

　　事实证明，并不是所有非洲人都能这么简单地幸福。在肯尼亚首都内罗毕，经济的快速发展让那里的人并没有传说中那么幸福。每天清晨6点开始，便可看见一批批肯尼亚人穿着职业装、手提公文包，步行赶往汽车站，坐上"马他突"（注：肯尼亚私人运营的小公交车）去上班。汤姆（Tom）曾供职于一家国际媒体设在内罗毕的非洲总部，他在内罗毕租住的处所离办公室单程一个半小时，由于早高峰内罗毕市区交通堵塞严重，他每天清晨6点要出门，为的是8点能坐在办公桌前开始一天的工作。白天外出采访、写稿，忙的时候晚上8点才能离开办公室，周末经常加班。这种生活和万里之外的北京上班族何等相似！"在内罗毕生活不容易，我们必须努力工作。"他说。

　　与奈丝的交涉成了我2013年的开年大事之一，交涉过程中，对方说话不算数、办事"不靠谱"的问题一次次重复上演：即便是当着警察和其他当事人的面约定好的见面，她也会无故不现身；多次煞费苦心的沟通达成口头协议，即便有好几位见证人，她也能在下一秒立刻反悔并拒绝承认之前做出的所有承诺；即便是按照乌干达法律要求给出正常辞退条件，在警察在场作证，以正式函件的形式致函该雇员，并且她以书面形式声明同意辞职并收下辞退补偿金的情况下，她依然在几天后找来律师，以没有注明具体辞退理由和我个人不能代表单位辞退雇员为由，表示将继续控告……

　　国内代表团来访，每一场会见活动，中国使馆工作人员都得提前去会见场所"打前战"，把一切事宜安排明确，可即便这样，还是有很多不能控制的"意外"发生。曾有使馆工作人员告诉我，一次中乌高层会见，乌高层人士迟迟不到，直到中方国宾车离开很久才姗姗来迟。他还透露，中国使馆经常会举办招待会或一些私人宴请活动，由于当地官员经常迟到，出于外交礼仪，使馆又不能随便取消活动，中方工作人员只能在不确定的情况下一直等待。

　　被"非洲化"是很多年轻人在非工作期间最担心的问题之一。以前在华为乌干达公司承担公共关系工作的小邓毕业于北京大学，她是我在乌看到的为数极少仍坚持读书学习的中国人。在乌工作三年多后，她告诉我：即便是辞职也要离开这里，因为她感觉自己已经被"非洲化"了。事实上，部分中国人在非洲的确自觉不自觉地"入乡随俗"，慢慢地，时间观念就变得不强了，说话办事开始不那么"靠谱"了。环境对人的影响和改变很多时候是潜移默化、难以阻挡的。

　　同事的一本书中给出了回答：为什么在非洲迟到两个小时却被看作是准时？说起来有点好笑，因为非洲人根深蒂固的观念是"在非洲，没什么是急事儿！"尼日利亚的一则谚语更是有趣："拖延不碍事，只会让事情变得更好。"

　　让事情变得更加美好应是普遍的愿望，但慢工未必出细活，反而可能会养成懒散拖沓的习惯。不幸的是，我接触过的绝大多数非洲人,无论文化程度与社会地位高低,经济能力强弱,身上或多或少都有这些特点。结果,本应是个人身上的现象演变成一群人的共同特质,进而被部分人认定为非洲人的性格标签。一方面,非洲人天性乐观,随和奔放;另一方面,"不劳而获"却有着现实土壤:非洲大陆很多地区自然条件良好,物产丰富,大自然的丰厚馈赠让"不劳而获"的梦想在这里与现实更为接近。有同事描述西非一些地区的情况:很多地方随处可见路边芒果树上吊着一个个金灿灿的大芒果,当地人饿了随手摘一个便是美味,那些熟透后又无人采摘的芒果自然落地后,就变成流浪狗的美食。民族性格与自然环境交互作用,使得整个社会处于一种相对悠然的休闲状态,非洲人民的幸福感普遍较强。

然而,从小即被教育"好好学习,天天向上"、"艰苦奋斗、务实进取"的中国人来到非洲后,却普遍感受到强烈的节奏感失调和价值观冲突,从而产生一种既不愿"入乡随俗",又不能凭一己之力去改变现实的无力感和失落感。面对这种冲突,有人选择离开,有人干脆放下"斗志",主动适应,更多的中国人,只能在华人间的聚会饭桌上津津乐道在非的各种"不靠谱"离奇故事与惨痛经历,靠彼此"吐槽"来获得情感认同与情绪发泄。

这时候,中国人的变通能力和反思精神就会派上用场,一些中国人如此安慰自己:来非洲,就当是磨练品性了。其实,学着去了解非洲人的乐观与随性,降低对他们的心理预期,同时告诫自己,跟非洲人打交道干着急也无济于事,只会给自己平添烦恼,也许华人在此间的幸福感会高一些吧。

自尊与自卑

来非驻外前,有同事特别告诫,不要轻易在非洲人面前说非洲不好,他们看似笑呵呵,没心没肺,其实爱国心与自尊心非常强。这一点在伦敦奥运会闭幕当天得到印证。那天,一直沉寂的乌干达突然举国沸腾,一个名叫斯蒂芬·基普洛奇(Stephen Kiprotich)的乌干达人以2小时08分01秒的成绩力压两位肯尼亚名将获得男子马拉松冠军。男子马拉松的颁奖仪式安排在闭幕式上,那一刻,乌干达人成了世界焦点。在此前的多个田径项目上,由于乌干达选手表现不佳,一直没有奖牌入账,国内对运动员表现的质疑非常强烈,热爱体育运动的乌干达人普遍失望。基普洛奇夺冠当天,坎帕拉的一些公共活动广场上,大批乌干达人身披国旗欢呼、高歌,狂欢至深夜不愿散去。

除举国欢庆的大事,爱国自尊还见于日常生活中。笔者在肯尼亚的同事一次开车带雇员去采访,路上随便抱怨一句:"内罗毕的路窄、坑又多",雇员马上予以反驳:"你们中国也有很多贫穷、落后、不好的地方。"

非洲大陆曾长期被殖民、被控制、被指手画脚,被定性为"绝望大陆",非洲人则被视为"劣等种族",自然表现出强烈的自尊。中国代表团会见乌干达总理时,他经常如此自嘲:"人类在我们东非地区起源,乌干达有很多灵长类动物,如果你们没时间去看猩猩，你们看看我就行。"乍一听会觉得滑稽，仔细一想，这正是非洲人对外界长期对这块大陆负面定性的一种抗议。

然而，在伸手要钱这个问题上，自尊似乎又变得没那么重要了。随便在大街上走着，真的会有衣着整齐的陌生人上前对你说："Please give me some money"（给我点钱），或"I am hungry"（我很饿），有些人甚至连please都省去。一位同事每次遇到这种情况，都会开玩笑似地回应"I am hungry too"（我也很饿）。非洲人的特点是，你给他钱，他会礼貌地谢谢你；你不给他钱，他通常也不会怎样，有些甚至还嬉皮笑脸地回一句"all right"（好吧）。

最大的问题，在我看来，是将伸手要钱当作一种习惯，自觉或不自觉地代代遗传。每次去贫民窟采访，总能遇到些可爱的、穿着破旧衣服的小孩，露出天真无邪的笑容，嗲声嗲气地喊着"hello"，让人充满怜爱。可也总会遇上非洲小孩过来要钱的，他们还辨不清这种行为是何意义，平时看父母对着白人（注：在非洲人眼里，白种人和黄种人统称白人）这么做，他们也不自觉地效仿。同事曾在肯尼亚某贫民窟郑重地教育过一个看起来七八岁大的孩子，那孩子英文不错，不像其他孩子只会简单说"hello"和"money"，他和同事聊了几句就开始要钱，同事很震惊，严肃地告诉他："钱要靠你自己挣，不能靠别人施舍，要读书，受教育，长大后找到工作，赚钱养活自己。永远不要向别人开口要钱。"小孩可能被同事严肃的表情惊着了，问他懂了吗，他使劲点头。

在国家援助问题上，情况也大抵相同。2011年，中国国家领导人出访会见乌干达议长，乌议长一边感谢中国政府出资援建乌总统总理办公楼（当时该建筑还未完工），一边又提出让中国再援建一个议会大楼的要求。2012年初中国移交援建医院之后，为实现新医院的正常运转，中方还根据乌方需求提供价值1000万元人民币的医疗设备和医用物资。但令中方惊诧的是：乌方甚至把闹钟、垃圾桶等医疗设备之外的其他生活物资费用也列入这笔预算内。中国医疗队自2012年6月从位于乌第二大城市金贾的金贾医院搬离，进驻中国援建的中乌友好医院工作。金贾医院的院长后来多次向医疗队提出，让中国政府再出资建立一个展示历届医疗队资料的纪念馆。一位中国医生直言不讳地指出：其实就是希望借此机会让中国政府再出资给该医院增添几栋楼房。2012年10月，中国国家主席特使、全国人大常委会副委员长韩启德应邀赴坎帕拉出席乌干达独立50周年庆典，其间前往中乌友好医院和中国医疗队座谈，在场的乌方人士当即提出要求：希望中国把原来100个床位的医院扩建至300个床位的规模。

为什么在不同场合下，非洲人的自尊会有这么大反差？

乌干达的报纸上曾刊登过一则新闻，很能说明问题：某国际非政府组织针对该国农村地区几乎不通电的现状，发明了一种靠太阳能给手机充电的简易装置，虽然价格便宜，但推广难度很大，因为当地人有种根深蒂固的理念：为什么要花钱来买而不是直接分发？而且，这也与宗教信仰有关。乌干达约85%的民众信奉基督教，很多人会简单地认为：包括援助在内的一切，都是上帝的安排。

其实，无论自尊与自卑，不管个人还是国家，切身利益往往是社会行为的根本指向。无须作价值评判，了解非洲人，理解人性，审视自己，即可。

非洲人的婚恋观

非洲人的婚恋观，也与我们不大相同。我到非洲时，未满30岁的后勤雇员奈丝一个人带着1岁大的儿子住在驻地，婚姻状况未知。有一位自称其丈夫或男友的男子不定期偷偷跑来驻地，和她过夜，第二天一早便走人。而驻地明确规定，外人未经批准不得擅自进入驻地并过夜。2012年某天，父亲突然跑来问我，奈丝是不是怀孕了，看她的身形很像。我一头雾水，完全不清楚情况，询问后才知，她已经怀孕八个月了，此前由于身形丰满，我们都没看出来。两个月后，她的第二个儿子出生了，其他情况一概不清。

这不是偶然现象。曾多次听当地人说：某人有几个老婆，多少个孩子，正考虑再结婚生子，或者正和另外一名女性保持关系。

受原始部落风俗和西方文化思潮影响，非洲是性观念非常开放的地区，人们通常能把性和婚姻分得很开；而相当一部分非洲人受传统观念束缚，对避孕防艾行为不甚支持，这导致了两个结果。一是非洲大陆单亲妈妈数量众多。位于乌首都坎帕拉的妇女权利保护组织（Federacion International de

Abodagas, FIDA）声称，该组织每年可收到超过1000名单身母亲因孩子父亲离去且不提供基本生活费用而生活难以维系的求援报告。二是艾滋病性病问题的持续凸显。联合国2010年一份有关全球艾滋病的报告显示，乌干达约有120万HIV携带者，其中包括15万儿童。每天有350人感染艾滋病病毒，使得乌干达的艾滋病病毒感染率达到6.4%。2009年有约6.4万人死于艾滋病，120万儿童因此成为孤儿。

一名当地员工告诉过我，在乌干达，夫妻间未必专一，丈夫可以在外面包养情人，妻子也可出去偷情。很多女性在选择伴侣时，婚否不是第一问题，工作体面、收入稳定的男士更受青睐，哪怕他已婚。如果他"不幸"已婚，做情人亦可接受。"很多非洲国家都是这样。"他说。

在非工作两年多，当地人对于中国人长时间和配偶分居两地，在海外一待就是几年而没有私生活的状态表示非常不解。浙江师范大学一位学者在聊天时透露，该校曾邀请非洲学者去中国开展学术交流活动，当时有一非洲学者问："在非洲工作生活的很多中国人身边竟没有一个女人，你们是不是把在国内犯错误的中国人都派到了非洲？"

相对于中国人性观念的保守和隐秘，非洲人倒将此问题看得稀松平常，因此也直言不讳。非洲一些传统部族观念是，男人以拥有很多妻子和孩子为荣，并将其视为权力和财富的象征，所以常有某酋长的孩子多到自己可能都不认识的程度。但是，现代非洲的发展使得结婚不再是一件简单的事，这涉及土地和财产等问题，于是很少有人还能承担同时拥有很多妻子的传统部族生活。目前在乌干达有三种形式的婚姻：传统婚姻、宗教婚姻和公证婚姻，无论宗教约束还是法律规定，乌干达人还是可以把这些统统放在一边，继续多次结婚生子。我们的一个雇员是大家公认的老实人，也是虔诚的基督徒，已有三个妻子，他一直表示还将继续娶妻生子。

中国印象

"你们中国的每一座城市都是一个首都，"乌干达妇女、劳动与社会事务部负责文化的国务部长伊桑加（Rukia Nakadama Isanga）在2012年6月前往中国参加"中非合作论坛——文化部长论坛"回乌后接受采访时如此感叹。她的观点也代表了很多来过中国的乌干达人对中国的印象：经济发展迅速，基础设施完善，人民生活水平提升，正在世界舞台上迅速崛起。

伊桑加认为，中国在乌干达民众中的形象发生了很大改观。由于市场上有很多来自中国的低廉产品，当地人一度认为中国产品质量差，中国的发展程度和乌干达相似。但近年来随着两国交流日渐频繁，乌民众逐渐认识到，中国可以生产质量好、价格高的不同档次的产品，此前，很大程度上是因为乌干达本国贸易商的订单，才会助长中国低端产品的进口。

随着中国经济社会的迅速发展，越来越多的非洲人对中国感兴趣。非洲政府高层希望参透并借鉴中国在过去几十年里取得发展成就的"秘诀"。非盟委员会主席德拉米尼·祖马

作者手记　159

(Dlamini Zuma)在2013年1月于埃塞俄比亚举行的第20届非盟首脑会议开幕式致辞中说,中国等国家用不到50年的时间在减少贫困、发展经济方面取得巨大成就,当今非洲经济稳定持续增长,人口年轻而有活力,中产阶级人数不断增加,非洲国家定将抓住机遇,力争在未来50年甚至更短时间内实现非洲复兴。

非洲商人群体也跃跃欲试,希望在中国经济高速发展中分得一杯羹。很多乌干达商人为谋取更高利润,即便是有语言障碍并承担一定风险,也会放弃原来作为贸易中转站的中东枢纽迪拜,选择去中国直接进货。中国驻乌使馆提供的数据显示,即便考虑到中介造假因素后严格签证的把关审核,自2010年以来,每年都有万余乌干达人成功获得签证前往中国。

多次跟随乌政府代表团访问中国的乌干达籍华人企业家方女士回忆:1998年,乌政府代表团到中国访问,乌高层对中国印象不是很深,感觉中国还是不如发达国家。2004年,乌干达总统第一次访华,双方达成中国援建乌干达总统府工程意向,总统非常感谢,这正是乌干达需要的。这一次访问进一步推动了中乌关系,乌干达感到,中国人是友好的,中国人说话是算数的,访问为乌干达了解中国打开一扇门。在此之前,中国公司很难拿到乌干达招标项目,他们不相信中国的建筑质量和技术,很多项目给了西方国家。2004年以后,乌干达总统府大楼、外交部大楼、统计局大楼等诸多重要政府建筑,均由中国援助修建,它们将中国和乌干达紧密联系在一起。两年后,方女士再次陪同总统和六位部长前往中国参加国际会议。"乌干达人惊讶了：中国能这么稳步不乱地组织大型会议，非常准时。他们没想到，中国这么严谨，管理这么好。"会议结束后，中国政府跟进并履行了会上的承诺。从此，乌干达人彻底改变了对中国的看法。2008年，在一次总统家举行的圣诞晚宴中，乌总统对方女士说："现在的中国很多方面，已经赶上英国。"

2012年年底，英国《卫报》发表文章，声称中国制造的假抗疟药盛行非洲，就此我采访了主持乌全国卫生工作的卫生部副部级常务秘书阿苏曼·卢夸戈（Asuman Lukwago）。卢夸戈强调，乌干达和中国交往日益频繁是既定事实，两国在交往中可达到共赢，这也是乌方的期待。"对于广大非洲国家而言，我主张敞开怀抱，积极同包括中国在内的各国合作并共同获益。我们不能给人留下这样的逻辑和形象：非中合作意味着只一味获取中方资金资源。双方交往应让彼此共同受益。此外，中国这些年的发展中有太多成功经验。中国是一个充满机会的国家，是我们可以合作并学习的对象。"

卢夸戈希望西方国家理性平等地看待非中交往，他表示这其实是有益于西方的事实。"为什么你们欧美认定我们非洲是原始的？我们也应该是一块没有疟疾，有好公路、好宾馆和好食物的大陆。如果非洲发展起来，尤其是在安全问题和人力资源开发等方面取得进步，这是对世界的贡献。中国并不是唯一的受益者，这对于欧洲来说也是好事。中国不会逼迫我们只买中国商品，我们也有能力去消费你们欧美的产品和服务。因此，我们通过和中国的交往获得发展，对于欧洲和美国来说也是好事。"

卢夸戈的想法既现实又实在，他的想法印证了我采访过的包括乌总理和外交部长在内的很多乌领导人的观点：非洲领导人认识到中国崛起的大趋势，希望通过和中国的接触，也融入到世界经济发展的大潮中去，而中国的存在对于非洲来说，是作为另一种发展的可能，供他们去甄别、去参考、去抉择。

"非洲国家同中国的交往是出于自身的需要，非洲的领导人是成熟的，他们做出的决定是经过深思熟虑的。我们需要美国，我们也需要中国，这些都是可以用来改善非洲人民生活水平的不同力量。"卢夸戈说。

文化认知的初级阶段

我到乌干达西部伊丽莎白国家野生动物园旁边的一个小渔村采访时，有几个孩子看到我后很兴奋，要求我给他们展示一下中国武术。中国青年志愿者援乌干达服务队中有三名队员会些基本的武术表演，他们和我说，有一次拿着那种表演用的刀具小试身手，有当地人看后吓得不行。中国功夫是中国文化在海外最具代表性的标签，很多普通非洲人通过电影只知道 Bruce Lee（李小龙）和 Jacky Chan（成龙），并且认为每个中国人都会武功。

我和一位雇员出差前往一些山区时，气温降低几度，他就感到非常冷，将衣服后面的帽子紧紧套在头上，当他听说中国北方的气温在冬季可降至零下20度时，一脸惊恐，对于中国的地理位置、气候条件和中国饮食文化等更是非常陌生。

乌干达的中餐馆在整个东非地区是出了名的高档，当地人称他们从中餐馆中了解到中国文化，连乌干达总统夫人都说："我们对中国的了解是从中餐馆开始的，或许主要是因为这里有一家中餐馆从室内装饰到菜谱上都有一些中国元素。"但是，乌干达朋友并不知道中国菜的丰富多元，他们不知道豆腐，几乎不喝绿茶，更不会使用筷子，在很多当地人眼中，有辣椒的便是中国菜了。

不过，随着中国经济的快速发展，受媒体报道的影响，很多非洲人对现代中国的认识是：有钱，有钱，有钱！甚至有非洲人认为，中国在不久的将来就会赶超美国。

因为身边的中国人多了，非洲人也能感受到中国人吃苦耐劳的拼搏精神，但我感觉，他们把这当作一种不同于自己的文化现象，除个别公司和企业外，很多人并不认同中国效率和中国速度，他们不理解为何中国人好像不需要休息，可以像机器一样不停运转。

以下是2012年8月刚从中国参加交流访问回国的乌干达媒体人士的感受，由乌干达主流媒体、国有报纸 *New Vision* 所属"新景集团"的电视台都市电视台（Urban TV）英语节目总监詹姆斯·赛伦库玛（James Serunkuuma）提供。为尽量保证原汁原味，笔者将其逐字逐句翻译，呈现如下：

这次中国之行对我来说是极好的机会，让我看到世界的另一面。在北京的这两周里我大开眼见。在回到乌干达的此刻,我对中国的印象发生了彻底的改变。

去中国之前,我以为那是一个缺少自由的国家,至少这是我读到的信息。万万没有想到,在中国,大家行动自由,在大街上也没有看到任何警察!有几次我独自在大街上行走,也没人对此生疑,我的一些同事在外面一直玩到深夜,我们都感到非常安全。中国的道路很干净,哪里都有绿树,这是我们必须学习的地方。

我非常惊讶于中国在公路网、高楼建筑等基础设施和服务业方面的发展程度。中国人民的热情友好和中国的丰富文化让人惊喜。最有趣的是,他们告诉我:我所看到的这一切(建筑物、道路和桥梁)竟然都是由中国人自己建造的。

我们去参观了青岛胶州湾大桥,这是世界上最长的大桥,还有鸟巢等。这些充分证明:中国在科技领域已经迈出了大步。中国政府决心搞发展,搞民生。胶州湾大桥是一个地标性建筑,长达36公里,仅仅四年就完工了。北京的鸟巢、首都国际机场也都是三年内建成,这给其他发展中国家带来了希望。

培训课程设置非常好,使我更深入地了解中国,我对中国文化非常欣赏。有一点很有意思,在全程的学习中,我们一直都有绿茶喝,从那以后我开始喝绿茶了,还特意买了一些带回乌干达分享给更多人。

在整个学习过程中,我注意到:所有发言人都提到一点:中国仍是个发展中国家,还有很多人生活在贫困中。但是我这次所到之处都不是这样,我只看到了富裕的中国人。我非常希望能看到中国的另一面,那些在贫困地区人们的生活状态。我希望可以坐火车去那些贫困的省份,看看更广袤的农村大地。

对于中国和乌干达政府,我还想提一个意见,希望双方可以展开合作,保证不让假冒产品出现在乌干达市场。坊间有一个流行的说法:"中国产品质量都不过关。"但事实上,中国制造水平绝不低,至少这是我亲眼所见。为了改变乌干达人的这种看法,必须采取措施,不要让这些低质量的产品流入乌干达。

总体上说,我的中国之行非常成功,我学到了很多。如果下次还有这样的机会,我宁愿在机场过一夜,赶上清早第一班航班飞往中国。最后,我非常感谢中国政府给了我这样难能可贵的机会。

破解文化难题

中非两种文化本身在价值取向、思维方式、性格特征和生活态度等方面都存在差异,所以双方在交流过程中势必会遇到很多困难。另外,西方对非洲的文化渗透短期内不会发生根本转变。浙江师范大学非洲研究院院长刘鸿武指出,非洲始终处在一种"非洲与欧洲"、"非洲与西方"、"非洲文明与西方文明"的二元认知结构与关系维度的控制下来理解自身,理解世界,理解自身与世界的关系。中国和非洲在一定程度上都是通过欧美价值取向来审视对方，必然会发生很多误解和沟通障碍。最后，中国文化发展自身也有亟待解决的问题。如果问在非工作生活的中国人：什么是中国文化？什么是中国文化的内核和本质？我相信很多人都会一脸茫然。一个对自身文化内核都难以界定的异域文明又该如何去影响非洲本土？

但是，非洲既是中国经济发展的潜在市场和重要战略资源的来源地，也是中国全面走向世界的重要舞台。中国已是非洲第一大贸易伙伴，在非洲大陆活跃着约百万中国人，随着中国经济介入非洲的程度日益加深，双方因误解而发生的冲突也日渐增多。如何在非洲树立积极健康的"中国形象"，提升中国文化的影响力，如何将中国的经济实力和软实力结合起来，以消除非洲国家对于中国崛起可能抱有的恐惧心理，这些关系到中国和非洲未来的和谐相处。

对老牌殖民国家英国在东非国家进行文化渗透的历史和经验进行分析得知，宗教信仰和语言是外来文化深入影响非洲大陆的两大利器。

位于坎帕拉市郊的一座公园是当年基督教传教士最初进入布甘达王国传教时遭遇迫害的地方，现为一处公共纪念场所和旅游目的地，乌干达人每周定期在这里进行祈祷活动，他们跳着民族舞蹈，从白天一直庆祝到夜晚。我坐在这里，感受到一种强烈的欢快轻松的气氛，深感基督教文化和非洲民族文化的充分结合。就在写作这篇手记的时候，乌干达总统穆塞韦尼的父亲去世，虽然他也积极倡导保存乌干达民族文化传统，却始终为自己是第一批皈依基督教并且接受现代教育的乌干达人感到自豪。

中国人与非洲人很难拥有共同的宗教信仰。阿拉伯世界和西方国家在非洲大陆传教已有悠久历史，而且其影响已经根深蒂固。在乌干达，有90%以上的人信仰基督教和伊斯兰教，其余人信仰原始宗教。即便是在乌干达已经扎根两三代的印度人群体，和当地人也没有共同的宗教信仰。位于坎帕拉市中心的印度教神庙内，也几乎看不到当地人的身影。而且从历史来看，中国历来不会积极主动对外传播文化信仰。

要在文化上真正影响非洲，或许还要依靠语言。

公元7世纪，大批阿拉伯人迁居东非海岸，从而逐渐形成了阿拉伯语和当地语言相融合的新语言——斯瓦希里语。"斯瓦希里"（Swahili）便来源于阿拉伯语的"海岸"（Swahil）一词。如今，斯瓦希里语是非洲传播范围最广、使用人数最多的语言，属班图语系，是坦桑尼亚、肯尼亚和乌干达的官方语言，在刚果（金）、赞比亚等国也被使用，使用人数超过1亿。

既然阿拉伯语可以与当地语言融合成为新的语言，既然英语可以成为包括非洲国家在内的很多国家的官方语言，中文也可能在非洲广泛传播。相对于欧美国家来说，非洲对于中国文化传播没有意识形态的阻碍，中国不仅应该在非洲大陆开办类似孔子学院及中文学堂的中国文化传播中心，更应该在中小学尽可能开设中文课程。

在乌进行中文教学的志愿者小金认为："对于非洲的精英

阶层，应尽量为其提供更多到中国交流学习的机会，在当地定期举办中国文化宣传活动，如中国画展、图书展、摄影展、电影展等。同时，出口中文学习书籍到非洲，解决非洲知识分子阶层想学中文又买不到书的难题；对于普通民众，则应出口大量优秀国产电视剧、电影供当地电视台播放，向非洲民众展示中国人的日常生活，条件适当时可在当地电视台开设中文学习和中华文化介绍的栏目，以语言学习带动文化传播。在对非援建的同时，增强援建项目在当地媒体的宣传力度，条件允许的情况下可在当地报纸开辟专门介绍中国援乌各项目、各中资公司、中国企业和中国人在乌干达的专栏。"

　　从媒体的角度来说，在国家层面上，我期待看到更加清晰的文化发展和宣传战略，指导中国媒体走进非洲。从媒体机构的报道实践来看，则应强调国际视野、中国立场，尤其是要加强非洲视角，以非洲视角描述非洲，讲述和中非交流有关的故事，加强中非人民之间的情感纽带。中国官方媒体之间也应加强联动合作，在关键时刻集体发声，学习如何主动设置议题、引导世界舆论。此外，非洲媒体行业发展前景广阔。据当地媒体报道，在世界范围内传统媒体发展前景堪忧的情况下，东非地区的报纸近年来却保持着强劲的发展速度和高利润率，但我在非洲很少看到中国民间资本对非洲文化传媒市场产生兴趣，更不要说来"试一试"了。

谁在定义国家形象

长期以来,非洲的国家形象一直由西方舆论和媒体来塑造,乌干达是典型一例。

动身来乌之前,我对这个国家的情况几乎一无所知,有所耳闻的就是臭名昭著的暴君阿明和艾滋病等疾病肆虐。在我驻外的两年时间里,也只有有限的几个新闻事件让国内朋友偶尔关注这个国家:"科尼2012"、埃博拉病毒及反同性恋法案。这些新闻报道和事件使乌干达留给外部世界的印象停留在战争、疾病、贫穷等字眼上,这也是外界对于非洲的整体印象。事实上,乌干达自1986年穆塞韦尼总统执政以来,政治稳定,经济发展,医疗卫生事业也取得重大进展,而且,该国首都坎帕拉也是非洲最安全的首都之一。

就我的亲身经历来看,国内友人对于非洲了解一般程序是:先是西方媒体根据自身利益和立场,就某一事件或现象进行有关报道,然后被国内某些媒体或组织翻译成中文,再在社交媒体上广泛传播,继而引起国内受众的关注。

其实,不仅非洲国家的形象,就连中国在非洲的形象,西方媒体的塑造也是疑惧大于冷静,时有背离专业主义之处。从2011年BBC播出的纪录片《中国人来了》,到2012年《纽约时报》有关中国媒体在非洲扩张的报道,再到2013年《卫报》的"中国假药在非洲"的专题,思路一脉相承。因此,无论是非洲国家本身,还是中国在非洲,其形象都不由当事国自己塑造,而是由来自外部的西方媒体和社会的第三方来构建，而且这些话题本身在非并未引起强烈反响，倒是在非洲之外展开了激烈的舆论战。

据我从业经历得知，西方媒体有关"中国在非洲"的报道时有偷换概念、过度引申，甚至子虚乌有之嫌。乌干达部分受访者也表示外媒有意曲解自己言论的原意。乌干达卫生部长便一针见血地指出，西方媒体对"中国假药"的过分渲染，显示出老牌帝国对于中国崛起尤其是中国在非影响力日益扩大的一种无奈和沮丧。

而西方媒体有关非洲的报道，更常常以偏概全，多站在自身利益和立场。比如，在乌干达反同性恋法案、媒体管理法案、石油法案等议题上，西方国家都是通过媒体造势，以民主自由、良治人权的名义介入非洲内部事务，而且往往都达到有利于西方利益的结果。

针对这种西方媒体的报道多给非洲带来负面印象的现实，我在工作中发现，从乌干达总理到外交部长、新闻部长等多位政要都意识到这一问题的存在，他们均表示并无强有力的方法来改变这一现实，同时希望中国媒体能扮演更加积极的角色，更多描述乌干达乃至非洲的正面形象，如经济迅速稳定发展、自然环境美好、旅游资源丰富等。然而，一旦西方媒体报道、宣传了乌干达的旅游资源，该国媒体又仿佛感到国家获得权威认可和莫大荣誉，立时掀起一番狂轰滥炸般的报道，比如有关乌干达被评为"2012年十大最值得旅游国家"，乌干达某动物园被评选为"非洲最值得游览的动物园之一"，等等。国家形象的根基是国家实力，近年来的变化充

乌干达西南部布温迪国家公园（Bwindi Impenetrable National Park）的一只"银背"大猩猩。山地大猩猩（Mountain gorilla）被列为全球十大最濒危的稀有动物之一，成年雄性大猩猩因背部毛发泛银光而闻名。

在繁密的森林里艰难行走一个多小时后，乌干达第四次大猩猩数量普查采访团的记者们终于发现一只山地大猩猩，迅速按下快门。山地大猩猩只存在于乌干达、卢旺达和刚果（金）三国交界的维龙加地区和乌境内的布温迪国家公园。

分说明，随着非洲经济的快速发展，这块一直被誉为"人类后花园"的默默无闻的大陆，必将会更多地出现在国际舆论中，伴着镇痛成长，以更成熟的面貌和姿态面对世界。

路，在脚下

谈到近二十年来非洲的变化，20世纪90年代最早一批来乌创业的华人企业家方女士对我说："那个时候哪有电话，后来装一部电话也要上万美金，出了国就很难和国内联系。"在乌干达做生意已有十年的福建商人老林说："乌干达还是在发展，十年前哪有这些建筑，你看坎帕拉现在到处都在盖房子。"

乌干达只是非洲整体发展的一个缩影。《纽约时报》2012年7月刊登文章称，非洲以前"主要被看成一个饥荒和种族屠杀的泥沼，一个只是为了奢侈的狩猎或自我虐待的援助任务才去的地方。但现在有另一个看非洲的思路：经济发电机"。麦肯锡的一份报告称，21世纪全球经济增速最快的十个经济体中有六个来自非洲。尤其是在全球金融危机后，非洲经济增长速度远高于全球平均增速。有报告称，未来20年非洲经济平均增长速度可能会超过亚洲，甚至比中国还要高。非洲这块热土已经甩掉"绝望大陆"的刻板印象，一跃成为全球经济新的增长地区，商业和投资活动纷至沓来。新千年之后流入非洲的国际直接投资呈爆炸性增长，从2000年的109亿美元增至2008年的700多亿美元。

对此，非洲领导人信心十足。非盟委员会主席德拉米尼·祖马表示：当今非洲经济稳定持续增长，人口年轻而有活力，中产阶级人数不断增加，非洲国家定将抓住机遇，力争在未来50年甚至更短时间内实现非洲复兴。乌干达总统穆塞维尼也多次声称，有信心让乌干达在未来20年成为世界中等收入国家。

英国《经济学家》（The Economist）杂志2012年在题为《非洲崛起》的封面文章中称，非洲之所以取得如此成果，最重要的原因在于非洲终于实现了稳定，建立了正规的政府。在非洲国家摆脱殖民统治后的30年里，几乎没有一个国家通过选举实现政权的和平更迭。然而，自贝宁在1991年开启非洲大陆的先例之后，政权的和平更迭已经在非洲发生了三十多次，远超阿拉伯世界。与北非"人心思变"的社会状况不同，撒哈拉以南非洲国家由于久经战乱，"人心思稳"是社会普遍心态。非盟内部对政变、战乱也推出了一系列制裁措施。

但是，"非洲崛起"也面临诸多挑战。

首先是地区冲突频发造成的安全风险，这让地区安全局势成为2013年初非盟首脑会议的重点议题之一，马里、中非、刚果（金）等非洲地区因安全形势受到关注。马里危机爆发之初，非洲国家未能发挥自身力量进行迅速、有效干预，"非洲致力于运用自身机制解决非洲问题"的愿景仍难以实现。

非盟对安全挑战的认识逐步加深，但完善集体安全机制仍有很长的路要走。非洲国家必须克服政治分歧，解决资金困难,落实后勤和技术保障,提高决策执行力。此外,非盟安全局势错综复杂,地区隐患长期存在,这意味着非盟必须加强安全预警机制,加快危机应对及管理能力建设。

安全问题之外,经济的可持续发展也是"非洲崛起"的必要条件。非洲整体发展水平依然很低,对资源出口拉动依赖明显。有学者表示,在过去十多年中,中国对非洲经济增长的贡献在50%以上,但中国经济放缓对非洲发展的影响也存在不确定性。例如,乌干达经济发展内生力不足,主要依靠外国投资和贸易实现经济增长,如果没有印度人各种私营企业的蓬勃发展,没有中国大量基础设施建设和贸易投资,乌经济活跃度会降很多,比如20世纪70年代乌干达独裁者阿明将印度人全赶走之后,该国经济社会发展因此瘫痪,直到穆塞韦尼总统上任后情况才好转。

为了保持非洲经济稳定快速增长的势头,非盟开出良方:非洲国家必须摆脱资源出口依附型经济模式,深化区域一体化,促进内部贸易。第20届非盟首脑峰会再次强调,非洲国家必须突破交通、电信等基础设施领域的发展瓶颈,推动农业全面发展,加快工业化步伐,实现结构性经济转型。针对长期困扰非洲的贫困问题,本届峰会要求非洲国家改善施政,使经济发展成果公平分配到社会各阶层,实现全民共享的繁荣。

由此可见,非洲已不再是"绝望的大陆",但非洲的发展前景绝非一片坦途。

记得有外国人士说过:"在中国待得时间越长,你会发现越来越需谨慎断言了解这个国家。"虽然在这里工作生活了两年多,对于中乌关系、中国人在非洲、中国在非洲等问题有了比他人更深刻的认识,但我也同时感到:对于乌干达乃至整个非洲的理解还只是处于起步阶段。非洲大陆幅员辽阔,地理环境、社会文化差异迥异,以至于写作本书时我明显感到一种战战兢兢、如履薄冰的不适,如同在埃塞报道非盟首脑会议时调研马里问题和南、北苏丹之争时的力不从心。

除了对于非洲的认识粗浅外,我经常反问自己:"以外国人的价值观来思考和解读非洲,是否合适?是否公平?"

"非洲人懒,非洲人笨,非洲人说话不算数……但不能以一种价值标准来衡量和判定,不宜以一种自以为是的文明标准来评判。"一位常驻西非五年之久的同事在最近一次谈话中如是说。

在马赛马拉草原上,在乞力马扎罗山顶,在桑给巴尔印度洋中,我不止一次深感大自然的美丽和伟大,而非洲人这种天然的乐观精神,或许是上帝赐予他们最好的礼物,或许这才是人类和自然和谐相处的最好诠释。不管你信不信,反正目前他们自己是开心的。

什么是成功?什么是落后?什么是幸福?写到这里,我不禁反思:即便生活在同一种文化体系中,对于某个人或者某一现象,不同的旁观者也会产生不同的印象,我们又如何用统一的标尺去衡量另一套文化体系?!

不去讨论文明是否有优劣之分,发展是否有标准,我相信:世界是多元的。既然踏入别人的领地,若不尽量按对方的游戏规则行事,势必不会太受欢迎。

有时候,我感觉对于非洲和非洲人的认识和西方媒体一样无知,无论出于主观偏见还是无意识的价值预设。试图建造巴别塔的努力或许永无止境甚至令上帝耻笑,但人还是需要在不停地探索求知过程中知道那么一点,以更加开放、谦虚的心态看待周围和世界,为了更好地认识世界和认识自我而努力。

对于中国和非洲来说,不管西方如何看待和报道,非洲已清醒地意识到:中国的崛起有利于中非双方的发展,有利于增强发展中国家的整体实力,有利于促进国际关系的良性发展。未来,中非双方如何保持清醒独立,努力寻求文化上的契合与亲近,进一步营造互利共赢的共生关系,将是中非关系可持续发展的根本动力。渺小的我们在其中能扮演什么角色?把我在非两年的经历和感悟记录下来,与大家分享,对我而言,是幸事。

学者手记

我到过许多国家，或读书，或游历，或旅行，总能通过"在路上"的体验，找到观察与阐释这个世界的源源不断的动力。但没有任何一个国家如非洲这般令我产生如此复杂的感觉。一方面，它是古老而神秘的，是我心目中《现代启示录》里科兹上校所在的原始丛林的现实版本；另一方面，它又是年轻而常新的，每一天清晨，都会发现自己所在的城市与昨天相比有了一些变化。一些长期旅居非洲的老华侨对我说，如今的非洲有点像刚刚改革开放的中国，既有着无穷的活力与可能性，也无奈地面临着现代工业文明对文化传统的撕裂与遗弃。

美丽也好，矛盾也罢，对于一位接受过系统的新闻教育的学者而言，都是欲罢不能的观察对象与报道题材。于是，也就有了这本书。它并不是一部真正意义上的学术著作，而更多是两位作者从自身所受的训练出发，对非洲加以观察、记录与阐释的"深度报道"。当然，也许由于我的学者身份，本书多少有了些阐释，甚至批判的色彩，这大抵是"记录者"和"研究者"两个身份无法完全调和之矛盾的体现,难以避免。但我想,这并不违逆我们的初衷。摄像机或录音笔被采访者拿在手中,多少会有些主观的色彩,让所谓的"真实"也"羞涩"地披上了矫饰的薄纱。因此,我们才想分别从各自的身份出发,写下两篇手记,来反思自己在这本书的创作中扮演的角色,以及各自的角色有可能会对记录的真实与客观产生的影响。

为何要来非洲

首先需要申明的是,我并不是非洲研究领域的专家。在动身去非洲之前,我对那片大陆的了解并不比大多数人更加深刻。大约两年前,我曾参与过一个大型调研项目,考察几个重要非洲国家(包括南非、坦桑尼亚和肯尼亚等)的媒体准入政策,那是我第一次对非洲产生常识与感官之外的较为理性的认识。但是,这种认识也是局限在我的专业领域之内的。

非洲之行的冲动,其实源于两个彼此间没什么关联的欲望。一个是在头脑中构建"世界体系"的欲望。我曾在欧洲与北美读书、生活,自然而然形成了"中—西"二元对立的思维方式。起初,我受惠于这种思维方式,渐可熟稔地运用二者之相生相克观察社会、分析问题。但非洲的出现,让我意识到其实在中国和西方之外,还存在着一种虽尚很羸弱但自有严整逻辑与丰富内涵的文化。我们固然可以从经济繁荣中生长出来的优越感出发,对其视而不见,但这样的世界体系是傲慢而残缺的,在此世界体系的影响下形成的价值观也将是傲慢而残缺的。对于一位以观察、阐释乃至跃跃欲试妄想着改变世界的学者而言,这是一件不可容忍的事。而事实上,继续忽视非洲作为"一种可能"、"一种力量"的存在,也早已被证明为自欺欺人:在中国南方的大都会广州,有近30万非洲籍人士长期居住,这个数字还在以每年30%以上的速度增长着;而在非洲的中国人,则以百万计。人们头脑中的世界体系里,若缺了非洲,将对客观现实中的交流产生实质的影响;而促进交流,正应是传播学学者的责任。

第二个欲望,则更为自我、私人,那就是"探险"的欲望。从12年前考入北京大学新闻与传播学院开始,我就养成了对未知时空的浓厚兴趣。在广泛阅读和技能训练的基础上,又有了记录未知、阐释未知的强烈冲动。学生时代无能有闲,便以写小说和四处游历为主要的宣泄方式。如今有了更为自主的生活方式和学术研究的武器,更难割舍灵魂深处的"探险家情结"了。2012年,同为金牛座的好友袁卿回国休假,本欲远离工作的劳顿,好好歇息几天,却被我残忍地拉进了"共襄此举"的"陷阱"。我对他说,写一写非洲,于我而言自是美妙的探险,对你来说何尝不是对驻外经历的总结?就这样,我们成了合作者,并有了这样一本书。

因此,正是上述"公欲"和"私欲"的结合,成了这本书得以诞生的契机。我设计访谈计划和框架,袁卿组织访谈的实施。2012年夏天,我飞赴坎帕拉与他会合,进行了为期月余的高强度采访,共计三十余场,并组织小型研讨会两次,形成了大量文字、录音与影像资料。秋天我回国,开始负责书稿的写作,而袁卿留在非洲,继续进行补充采访与调研,并随时发回资料,供我即时补充。我们的合作默契而有效,这是我始料未及的,毕竟我们有着不同的职业路径和思维方式。但转念一想,记者与学者在某种程度上其实遵奉着共同的专业意识形态:客观、冷峻、尊重事实。更何况,我们有着相似的专业背景,都曾接受过正统的新闻教育。

无论是对非洲只有粗浅了解的我,还是常驻非洲的袁卿,都不具备对非洲问题高屋建瓴的能力。我们有的,同时也是创作这本书所秉持的,乃是新闻教育赋予我们的记录精神。事实上,在非洲日渐成为国际关系中不可或缺之议题的当下,学术界和传媒界所缺乏的,恰恰是对基本事实的掌握。我们看到的是学者在为国家利益提供直接的对策,驻外记者在产出大量人云亦云的新闻报道,而评论员则习惯性采用观察欧美国家的方法来剖析非洲。在这种情况下,需要有人去踏踏实实地呈现中国人眼中的非洲以及非洲人眼中的中国人究竟是什么样子。

另外,经反复讨论,我们决定将"文化"作为总体性的观察视角和阐释框架。依雷蒙德·威廉斯(Raymond Williams)的界定,文化是"全部生活方式",是人们理解世界、创造意义的主要途径。相比政治与经济,文化的力量更无远弗届,也更润物无声。在访谈过程中,我们也深刻地体会到这一视角的选择是比较恰当的。中国对非洲国家政治上的支持和经济上的援助并未理所当然地带来人民之间的亲近，这是为什么？是因为文化的隔阂与误解。一种文化创造的意义无法被另一种文化以同样的方式解读，自然就有了冲突。更何况，中国在本质上是极为保守的文化体，古时的朝贡体系和曾为"半殖民地"的烙印，导致了我们在面对异文化时往往戴着屈光度极高但自己并无察觉的有色眼镜。我们如实描摹这一文化冲突的图景，并尝试从有限的专业知识出发，提出一些可能的阐释方案与解决路径。也许并不具备实用价值，但至少建立在了解事实与尊重事实的基础之上。

最后，我不避讳写这本书的"意图"，甚至"野心"。我喜爱的学者苏珊·桑塔格（Susan Sontag）在其文集《旁观他人之痛苦》（*Regarding the Pain of Others*）中，有这样一段令人感触至深的话："点出一个地狱，固然不能彻底明示我们如何去拯救地狱中的众生，或如何减缓地狱中的烈焰。只不过，承认并广泛了解我们共有的寰宇之内，人祸招来的几许苦难，仍是不无裨益的。"可以说，正是这样一句话，指引着我的绝大多数学术研究行为。

《再见巴别塔》固然不是严格意义上的学术著作，但作为作者之一，我努力以对待学术的态度来对待每一场采访。桑塔格这番话的意蕴，于我而言，在强调所有学者都会面对的一种困境。简而言之，就是"那又怎样"的困境。你发现了一个问题，你对它产生了兴趣，你付出了大量时间去了解它、呈现它，甚至解释它，可又能怎样？问题依旧是问题，而你不过是为早已嵯峨的阐释的大厦添加了一块无关宏旨的砖石。但同时，包孕在这一困境中的，还有一个学者们绝不应放弃的信念：即使"不能怎样"，只要对世界有所揭示、有所呈现，便终究可令一些人受益。而这，便是我和袁卿做这件事的意图和野心。也许它与马克思呼吁的"改变世界"的境界相去甚远，却至少体现了桑塔格所倡导的坚持：只要有事实，就应当得到呈现与揭示，哪怕只有很少的人在意这事实究竟是什么。

  采访的过程困难重重，障碍来自如下几个方面：第一，是语言上的障碍。尽管采访大多在乌干达和肯尼亚这两个以英语为官方语言的国家展开，但如书中所述，对于这两国的绝大多数人而言，英语并非其母语，而是接受教育层次较高人士的日常交流用语。在首都之外的广袤乡村，几乎找不到可以讲英语的人，这大大制约了我们的活动范围与表达范围。在乌干达时，我们曾驱车数百公里至极为深入的腹地，却发现也只能和旅游业从业者和受教育程度较高的精英人士交谈。在肯尼亚，情况也大同小异。第二，是时常无法采访到想要采访的人。一些人囿于特殊的身份表示不便接受采访（如中资企业的高管），一些人出于种种原因不愿说出实情或只愿说出部分实情。当然，我们也坦率地告知所有受访者，访谈内容将在中国公开出版发行，并依各自的要求隐去其工作单位和采用化名。第三，是客观条件限制。我本人在大学教书，只能在暑假期间亲赴非洲；袁卿虽身在非洲，但日常工作极为繁忙。2012年夏天这月余的集中采访，也是我们预先勉力安排的结果。时间的紧迫自然导致一些访谈的匆忙，不少话题未及深入挖掘，某些人物未能及时联系，便草草结束，实在令人叹惋。

作此总结，不为叫苦，而是希求给读者诸君还原当时的工作状况。记录本身并无花哨技巧可言，但访谈者的精确"在场"却往往是可遇而不可求的理想状况。在这唯一以个人为叙事主体的小节中，我要向我的合作者同时也是好朋友的袁卿表示感谢，若无他在东非超凡的活动能力与广泛的人际关系，本书或许永远只能是海市蜃楼般的幻想。

如何阐释

过去这些年来，我养成了一个习惯：每完成一项研究或调研，总要暂时放下所谓的"成果"，静下心来，反思自己于其中扮演的角色，以及整个研究行为的专业性。这次也不例外。

如所有研究者一样，我将自己的立场预设为客观、理性、中立。在访谈开始之前，我对非洲的了解虽不说一片空白，但许多知识更多是作为其他知识的背景存在的。我在读书时做过不少后殖民主义研究，对萨义德们的理论也算熟稔，但东方主义也好，文化帝国主义也好，终究是将非洲置于一种根深蒂固的二元对立框架之内的，西方（现在是中国）在与非洲相关的所有讨论中，都是缺席在场的。这或许是观察类似问题时绝大多数学者都会面临的困境。所以，在展开调研之初，我是抱定破除二元对立结构的念头，试图通过赋予非洲问题以自洽性来观察和阐释的。

但显然,这一努力并不成功。从我们对非洲社会的观察来看,整个体系无论在宏观层面还是细节层面,均高度仰赖外力的支持。经济与政治自不待言,就连所谓的非洲文化,也往往只能在对比中呈现自身并不显著的独特性。例如,我们曾去乌干达国家文化中心(由澳大利亚出资兴建)观看布甘达族传统的击鼓与舞蹈表演。我们所见的,终究还是逃不开"民族抑或世界"的古老话题:所谓纯粹的本土文化。乌干达国家文化中心总经理约瑟夫·瓦鲁格比也坦率地承认:侵入者的文化会给当地文化带来深远的影响,当一个部落侵入另一个部落,一种文明侵入另一种文明,自然会将自己的乐器、服装、道具和艺术也一并传入。伊斯兰教和基督教的引入,就对非洲本土的表演艺术带来了影响,新的艺术形式通过清真寺和基督教教堂大举传入非洲并留下无法磨灭的痕迹。在很多地方,例如基督教教堂,纯粹本土化的艺术表演会被视为野蛮与邪恶的象征,这也迫使本土文化必须要对外来文化做出相当大的妥协。

除此之外,还有我们的中国人身份。这对于研究者而言,同样是个无法回避的问题,因为它会给调研、访谈和写作预设很多顽固的价值判断。由于非洲人与中国人在思维方式上存在较大的差异,中国人在与其打交道的过程中,总不免要下意识地生成不以为然甚至抵触的情绪。当然,作为研究者,我有能力将这种情绪控制在不露声色的专业范畴内,但毕竟潜意识是种根深蒂固的结构,其影响可能会在我毫无察觉的情况下流淌于笔尖。基本观念的冲突,是文化与文化在正面相交时不可避免的局面。例如,中国人讲究"一诺千金",约好采访的时间、地点,就一定要到场(我们的中国籍采访对象全部如约出现),若不到,也会有说得过去的理由。而非洲人则对此持更为随意的态度。例如,我们电话约好了A和B在某餐厅采访,并预先定好了四人的餐位,却非常有可能出现如下情况:A迟到了40分钟,并带来了他的一位同事,以及这位同事的另一位朋友,原因是"他们恰好和我在一起,就同来了";而B则自始至终未出现,直至约定时间过去一小时,我们电话询问,他才会在话筒里轻描淡写地说,他临时有其他事,来不了了。最后的结果就是,要把四人餐台换为五人餐台,且采访所获信息量比预期少一半。

  站在我们固有的立场上,当然对此难以理解;但实际上,这真的就是一种截然不同的文化对一类事物惯常的处理方式,在道理上,并无优劣之分。

  正是这样的两个原因(非洲文化自身与研究者的特殊身份),导致本书的内容和结论最终还是不可免俗地落入了二元结构的窠臼,无论"非洲—西方"还是"非洲—中国",都暗含着当代非洲文化缺乏自洽性的假设。不过,似也可安全地说,这样的假设就算并非完全正确,也一定有着不容忽视的价值和道理。正如传播学领域的学术研究,若锱铢必较地剔除全部"西方势力"之影响,得到的或许只能是某个自说自话的逻辑嵌套。这是研究者的无奈,更是客观世界的现实。以"尊重现实"为借口,似也可以为立场偏颇做些开脱吧。

然而，研究者先天的价值预设，又何止上文所述这些呢？

2012年春，我在中国人民大学的课堂上，播放了前文提到过的著名视频《科尼2012》。当时我和教室里的一百余位学生大多深有感触，并或多或少受到了创作者价值观的影响，不但认定"圣灵抵抗军"依旧活跃，更自然而然将东非国家乌干达想象为动乱不安之地。其后我联络袁卿，了解情况，并读了他在《国际先驱导报》刊发的长文，方知情况远非自己想象得那样简单。我以影视传播为业，并接受系统的学术研究训练，尚且以为"眼见一定为实"，遑论其他对非洲只有模糊的刻板成见的"普通观众"？

事实上，我对《科尼2012》的态度不过是一个侧影罢了，它所折射的，其实是包括我在内的很多媒体研究者深受西方思维方式影响而不自知的现状。这一现状，有极为复杂的成因。一方面，当代中国社会科学的研究源流，大多出自欧美，即使是马克思主义，也根植于其诞生那个年代的欧洲资本主义土壤。以西方视角观察自己与他人，已经成为难以摆脱的习惯。另一方面，无论经济还是文化，西强我弱的格局仍难扭转。若无美国的文化强国地位，《科尼2012》绝难产生现在的影响力。好莱坞电影，路透社与法新社，不但为全世界提供信息和娱乐，更在输出着思想与观念。在这般情境下，侈谈"去西方化"，无疑十分艰难。

如今看来，将非洲纳入自己观察与研究的视野，竟是件幸运的事。因为，如前文所述，非洲的存在给了我这个中国学者跳出中西文化二元对立结构的机会，得以在一个遥远、陌生的环境中，以较为冷峻的态度去思索自己浸淫其中的中国与西方，尽管这一尝试远谈不上成功，却也为铁桶一般的学术意识形态撕开了小小的口子，透出微光。不过，作为接受过系统新闻教育的学者，我本人终究过于理想化。在尝试跳出西方语境与东方主义窠臼的同时，亦不自觉地将非洲想象为某种乌托邦式的存在，期冀着能在此检验自己的诸多理想，包括文化多元、普世主义，乃至新闻自由。但现实总是令人沮丧。这并不是非洲的错，而是源于妄图看清非洲的自己，根本便带着不够纯粹的种种私心，踏上这片壮美的大陆。

这是社会科学的学术之憾，也是本人作为学者的观念残缺。我终究没能真正将非洲视作自己的研究对象，非洲于我，也始终未能成为纯粹的"客体"。

关于未来

对非洲的种种想象，从我踏上非洲大陆的那一刻起，便逐渐土崩瓦解。这是个令人心碎的过程，也是个令人清醒的过程。心碎，是源于心目中的理想世界在东方和西方均遭破灭时，貌似遗世独立的非洲终究未能让自己的心灵与乌托邦更加贴近；而清醒，则因一切世外桃源都有祛魅的那一天，只是难免不甘心罢了。

中国与非洲，究竟有怎样的未来，我们无法预测。但在奔波于非陆四处采访以及写作此书的过程中，却也形成了一些臆断式的看法。好在"手记"无须完全客观，倒也可以做些胡思乱想。

　　首先，中国文化对异文化的排斥，将是中国人融入非洲社会，以及非洲人与中国人和睦相处的最大障碍。这也是我们选择文化的视角来考察中非关系所得之重要结论。经济援助和政治结盟固然可以带来立竿见影的实际效果，但远远不及文化亲缘来得事半功倍。拿破仑说"一张报纸抵得上三千毛瑟枪"，斯大林说"给我好莱坞，我就能把全世界带入共产主义"，说的都是这个道理。

　　中国既自诩为文化大国，又同时讽刺地处于全球文化传播的弱势者行列，本应对这一道理有更为精准的观察，深谙文化交流应以开放、宽容之生活态度为根基，却怎演变成了一场"砸钱"的游戏？这是值得反思的。我们采访过的大部分中国人，大多有"花钱买清净"的心态，遇到事情先考虑花钱摆平，发生冲突首先想到的也是"我们国家给了你们国家那么多钱……"这是一种非常糟糕的心态。就算"经济基础决定上层建筑"，也需承认文化往往具有资本永远无法企及的温柔的力量。一些受访者对我们说，在非洲长期生活的外国人中，唯有中国人喜欢"用钱消灾"，遇到矛盾冲突，首先想到的不是求助于警署和法院，而是"四处塞钱"。这样的局面，固然与非洲各国的腐败现状密切相关，但国人的行为又何尝不是在持续纵容和滋养着已经很严重的腐败？中国人不善使用自己的文化，而处处以"财大气粗"之势压人，即使可以在很多领域"速成"，但长远来看，也必将"速朽"，不但失去经济援助的成果，也会失去非洲人的信任和尊重。

其次,一些将非洲视为研究对象的学者,持有一种非常可疑的"后殖民"立场,对此必须及时反省与肃清。简而言之,他们(也许也包括我)对"后殖民"的理解均带有强烈的功利性。中国与非洲在世界体系内据有类似的处境,令学者们产生了"同仇敌忾"的情绪,他们眼中的后殖民,仅仅是"反抗西方霸权",至于非洲国家和社会内部的社会公正与制度建设,则全然不关心。须知,后殖民时代的新的世界秩序,不但包括对帝国主义和殖民主义的否定,也对独立后的第三世界国家提出了制度民主和社会公正的要求。对此,徐贲在《文化批评往何处去》中的评论是中肯的:

> 现实政治中的"后殖民"问题不仅仅是拉康或德里达式的文化身份认同"暧昧"或"杂合",而更是实实在在的内战、饥荒、无人权保障,甚至种族屠杀。第三世界国家人民在"自己国家"里,公民权利被剥夺,政治自由遭压制,社会生活无保障,日常生活饱受恐惧、暴力和社会非正义,这些才是后殖民政治批判首先需要关注的问题。

偏颇的立场,将反对西方霸权视为中国与非洲交往、交流的唯一共同诉求,而对两个社会内部在"后殖民"历程中形成的一系列近似的问题视而不见,甚至油然生出优越感来,认为经济上更为富裕的中国在文化和制度上均比非洲高级,便完全与"后殖民"的初衷背道而驰了。中国与非洲的交流,应当建立在对西方霸权的反抗、对社会民主政治空间的共识以及文化共融与文化谅解的基础之上。将非洲视为纯粹的研究客体与理论验证的对象,从而为其贴上刻板成见的标签,无异于在打翻西方霸权的同时,又祭起了另外一种霸权,不过是建立在经济规模优越感基础之上的另一种殖民主义罢了。

最后,则要呼吁中国民众冷静地看待非洲、想象非洲。在非洲走了一圈的我,深感乌托邦被"狠狠"祛魅的苦楚,但早些认清这一机制,终究好过受到伤害才"悔不当初"。我们访谈过的旅非华人中,不乏为当年的贸然闯入而后悔不迭者,他们对非洲的选择,仅仅凭着一两个熟识信源的推介,甚至凭着自己头脑中的简单想象。

当然,这并不是他们的错。在国家层面上,大举进驻非洲几乎是一夜之间发生的事,而无论知识界还是民间,都尚未对此做好准备。大到巨型中资企业和国家级媒体,小到中国东南沿海的外贸公司,就在"大跃进"似的风潮中,慌乱无措地涌入非洲,他们的心底埋藏着美好的梦想,却也注定埋下了挫败的基因。大部分来此工作的中国人,出国前对目标国家并无半点了解,甚至连国名都没有听说过;即使是国家级媒体的新闻记者,也往往只有与所在国相匹配的外语技能,对当地文化和风土习俗的了解微乎其微。在非洲站稳脚跟的华商,迫不及待向国内发出招工启事,却不对应召而来的青年男女做任何"跨文化传播"的培训。在中国国内的高校和科研机构,开设非洲研究相关课程的也是凤毛麟角。国家层面的宏大策略和民间层面的认知现状,是相互断裂甚至相互矛盾的。简而言之,中国人冲进臆想中的伊甸园,却各自怀着发财致富的美梦。这会产生怎样的结果？不难想象。一方面，是"乘兴而来、败兴而归"，在承受理想破灭的同时，也浪费了宝贵的青春时光；另一方面，便是我们前文讨论过的文化排异和文化误解，即使能够勉为其难地留下来，却也不会产生任何积极的影响，又有何意义？故而，要控制国家层面上的冒进倾向，并鼓励、强化民间共识的建设，甚至，要文化交流领域的"民进国退"，或许反而能取得事半功倍的效果。

写作本书之前，我把学生时代钟爱的小说《走出非洲》（*Out of Africa*）又草草地翻了一遍。作者凯伦·布里克森（Karen Blixen）是丹麦人，却在肯尼亚生活了十七年。小说描写了欧洲因"失去了"非洲而滋生的种种伤感与缅怀，却也为一百年后两个年轻的中国媒体人"走入非洲"带来了令人心颤的参照。小说改编的同名电影，已成为电影史上的杰作，其中一句台词，令人印象深刻："我和你在一起，是因为我选择和你在一起，我不想按别人的方式去生活。"中国和非洲的关系，又何尝不应如此？

翘首企盼明天时，别忘记踏踏实实走好脚下的路。

后 记

在采访和写作过程中,我们得到了很多国内外友人的鼎力支持。他们不但欣然接受采访,还在能力所及范围内提供了很多有益的帮助。在此,我们表示最诚挚的谢意。他们是:路透社记者 Justin Bralaze 和 Edward Schwalu,BBC 主播 Catherine Byaruhanga,乌干达报纸 *The Observer* 记者 Emmanuel Mutaizivwa,乌干达国家文化中心总经理 Joseph Walugembe,澳大利亚圣公会牧师 Joseph Chang,马凯雷雷大学教授 Murindwa Rutanga,乌干达总理 Amama Mbabazi 和两位部长 Rukia Nakadama、Okello Oryem,以及中央电视台海传中心的李宇和非洲分台的李伟林两位学长。因为他们的存在,尽管采访过程困苦劳顿,却也充满了快乐。

出于种种原因,我们不便披露接受采访和为我们提供帮助的旅非华人的真实身份。他们或为资深华商,或供职于大型中资企业与国家媒体,或是相关领域的研究者和观察家。他们丰富的非洲阅历不但为本书的写作提供了丰沛的素材,也让身在异乡的我们感受到了同胞之情的力量。尤其是,一位供职于大型国企乌干达分公司的受访者,是人大新闻学院的毕业生，得知本书的作者之一在人大任教，便提供了许多无私的协助，令人动容。

感谢我们的工作单位——中国人民大学新闻学院和新华通讯社为我们提供优质的资源与平台。学者与记者双重背景的结合，是本书或许有别于同类作品的关键所在。

感谢北京大学出版社和本书的责任编辑徐少燕学姐的辛苦劳动，其专业、敬业精神使本书的面世成为可能。

本书的大部分访谈，完成于2012年5月至2013年2月间，成稿约完成于2013年3月底。袁卿负责非洲本地采访的联络与统筹工作，常江负责全书框架的设计并共同参与集中采访。书稿主体部分的写作主要由常江完成（除"记者手记"）。本书的部分附录由中国人民大学新闻学院研究生文家宝协助常江整理。因本职工作繁忙，致使整个过程断断续续，或影响思路的连贯与文字的流畅。兼两位作者无论在学识还是阅历上均很"资浅"，书中若有错失缺漏之处，还望读者诸君不吝指正。

作者
2013年春分